OS QUATRO CONTOS DO MUNDO

R. Saturnino Braga

OS QUATRO CONTOS DO MUNDO

EDITORA RECORD
RIO DE JANEIRO • SÃO PAULO
2008

CIP-Brasil. Catalogação-na-fonte
Sindicato Nacional dos Editores de Livros, RJ

B795q   Braga, Roberto Saturnino, 1931-
       Os quatro contos do mundo / Roberto Saturnino Braga. –
   Rio de Janeiro: Record, 2008.

       ISBN 978-85-01-08014-1

       1. Conto brasileiro. I. Título.

                                CDD – 869.93
07-4222   CDU – 821.134.3(81)-3

Copyright © 2008 by Roberto Saturnino Braga

Projeto de capa: Carolina Vaz

Direitos exclusivos desta edição reservados pela
EDITORA RECORD LTDA.
Rua Argentina 171 – Rio de Janeiro, RJ – 20921-380 – Tel.: 2585-2000

Impresso no Brasil

ISBN 978-85-01-08014-1

PEDIDOS PELO REEMBOLSO POSTAL
Caixa Postal 23.052
Rio de Janeiro, RJ – 20922-970

EDITORA AFILIADA

Sumário

Canto Primeiro — O Sul 7

Canto Segundo — O Oeste 43

Canto Terceiro — O Norte 83

Canto Final — O Leste 125

CANTO PRIMEIRO

O Sul

O primeiro é o sul, e o sul somos nós, desta parte do planeta.

Com certeza, a idéia do Sul, a idéia pura do Sul, nasceu do sol. Bem, Acácio, a própria vida nasceu do sol — foi e foi, por bilênios, de milagre em milagre, até dar neste ser vaidoso que tem razão, que olha e observa, que pensa, fala e inventa conceitos, vê todo dia o sol nascendo do mesmo lado e desaparecendo do lado oposto, vê o céu de noite cheio de estrelas que vão girando — mas há uma que é ponto fixo, a estrela polar, e que não coincide nem com o ponto do nascente nem com o do poente, e fica no meio da reta que une esses dois. Todo esse conjunto de constatações então foi dando origem à invenção dos quatro pontos cardeais, três bem marcados — o quarto, que não era visto mas imaginado, no canto oposto ao da estrela fixa, sem dúvida existia, justamente o Sul, que atemorizava porque ninguém conhecia, gerava medos, fantasias medonhas, algo como um imensurável despenhadeiro, um precipício sem fim. Ora, mas tudo isso, mapas, calendários e expressões, tudo que orientava plantações, viagens, deslocamentos e navegações, tudo isso que passou para a História como invenção primeira, tudo foi feito do lado norte do mundo. Do lado sul, só os incas, porém mais tarde.

E entretanto o Sul havia sido antes conhecido — o *homo* bruto, o que primeiro conheceu as coisas, nasceu aí pelo Sul, eu tenho certeza, nasceu mais ao sul do que ao norte, nas savanas da África que deixavam ver o Cruzeiro brilhando no céu limpo; só que essas lembranças ficaram perdidas na memória da nova espécie, ainda sem escrita, quando ela foi para o Norte, e lá, encontrando o Crescente Fértil, inventou de domesticar o trigo e a cevada, fazer agricultura e civilização, cozer o pão e construir cidades, começando a escrever em tabuinhas de lama e a sistematizar observações.

Os portugueses, raça forte e inteligente, grandes engenheiros, senhores da tecnologia mais avançada, redescobriram o Sul, o pólo que imantava o mundo da felicidade, eles logo o perceberam, o pólo que abençoava a vida aberta e sem pecado. O Genovês tangenciou, bordejou, mas não penetrou, certamente para não violar o Paraíso, que ele vislumbrou na foz do Orenoco. Os portugueses, bravos, penetraram fundo. E Vespúcio veio com eles, esteve no Rio e escreveu tão maravilhado que deu o nome ao continente. Os portugueses — com muita dor, sim, para passar além do Bojador e dobrar, lá no fim da África, o cabo tormentoso — foram almirantes e marinheiros valorosos. Fernão, o grande navegador e combatente, nascido em Trás-os-Montes, foi ao extremo sul da América e conseguiu atravessar para o outro lado, em expedição já então arrendada aos reis de Espanha, para morrer num combate mesquinho nas Filipinas, sem ver o enorme feito dos seus comandados, a primeira volta ao mundo! A travessia entre os dois oceanos ficou com o seu nome, o Estreito de Magalhães, perigoso, traiçoeiro e assustador, cheio de fogo nas margens tão próximas, fogaréu ateado por índios bravios, gigantescos: ficou sendo aquela margem esquerda, extremamente fria, para sempre chamada de Terra do Fogo. Para nós, brasileiros, aquilo é a ponta do Sul.

O homem foi um ser muito cruel. E os argentinos, filhos daqueles mesmos espanhóis secos que garrotearam e esfolaram incas e astecas, os argentinos esmeraram-se no castigar com crueza os seus criminosos, erigindo naquela terra mais fria e inóspita do seu mundo um grande presídio, pavoroso presídio, enorme, escuro e lúgubre, cuja figuração infligia terror aos condenados, que se atiravam ao mar da amurada dos navios que os levavam presos, em suicídio para fugir à insuportável estada em Ushuaia. Também, vamos convir, o homem naqueles tempos era bem mais bruto, precisava de penas mais duras para se intimidar e não cometer matanças, embora se saiba hoje que isso não adianta nada. O fato é que o presídio ficou famoso no mundo inteiro, e em volta dele foi crescendo aos poucos uma cidade, de gente que trabalhava para suprir o povo do presídio, guardas e condenados, uma população. Um nome indígena, esse Ushuaia, que virou símbolo do terror, até ser desativada a prisão e transformada em museu — vejam o que é a civilização, um museu histórico e humano num canto de uma cidade bela, cheia de gente alegre e jovial no verão, a mais meridional do planeta.

O Sul.

A Terra do Fogo é uma ilha cheia de parques onde se pode ver ainda o fim retorcido da grande cordilheira americana. É uma ilha cercada de ilhotas engraçadas, povoadas com a alegre fauna típica meridional, pingüins espertíssimos e mamíferos maiores, gordos e oleosos. Ao norte dela, do lado de lá do canal, cresce o imenso território plano e ventoso, sem história, a Patagônia, bela pela desolação e pela tranqüilidade dos seus lagos, geleiras, carneiros, e muito pouca gente, concentrada nas cidades ao longo da costa. Só agora, muito recentemente, os próprios argentinos descobrem suas belas plagas e vão-nas preparando para receber visitantes, brasileiros principalmente, encantados.

A estada em Ushuaia aguçou-me a curiosidade sobre um caso que me havia sido reportado, de uma brasileira, tia-avó de uma amiga pediatra de origem gaúcha, que se apaixonara por um argentino e se fora, casada com ele, para Buenos Aires, contra a vontade expressa dos pais e de toda a família. Essa minha amiga tinha cartas guardadas em coleção pela avó, escritas pela irmã, primeiro de Buenos Aires, depois de Mar Del Plata e, finalmente, nos anos 1920, de 1924 a 1928, de Ushuaia!

É comum mulheres brasileiras, jovens principalmente, apaixonarem-se por homens argentinos, precisamente aqueles de tipo esbelto e altivo, de sangue puro espanhol, voz bem grave, comando forte e linfa carregada de hormônios. Parecem-lhes irresistíveis, elegantes de porte e de gestos, de frases também; conheço muitos casos até de fuga e mesmo rapto consentido, sempre com oposição cerrada da família diante da certeza da infelicidade daquele destino. É a força da sexualidade, categórica, ainda mais àquele tempo, quando não era permitida a experiência do acasalamento antes do matrimônio.

Tia Wanda, irmã única da avó, sucumbiu, e certamente gozou com grande intensidade aqueles primeiros tempos de amor celerado em Buenos Aires, em que o marido, casado por insistência dela numa igreja de Quilmes, regalava-se no corpo jovem e inocente da brasileira macia, dócil, tão bem formada. Nasceu um filho desse amor, que veio a ser alto e belo como o pai.

Não tinha profissão certa o argentino; fazia negócios e gostava de jogar, mas tinha algum tino dentro daquele caráter novelesco e não se deixava arruinar. Obviamente, gostava de mulheres em variedade, e cedo Wanda teve de ceder a essa exigência do marido. Era um homem muito bonito, que sabia ser encantador, tinha voz profunda e palavras arredondadas, e era muito forte sexualmente. Arrendou um bar dentro de um cassino em Mar Del Plata, e o casal mudou-se para aquele grande balneário, com o filho de pouco mais de um ano e meio.

Vida difícil, com humilhações para Wanda, que dizia alguma coisa nas cartas à irmã mas não se derramava em lamúrias; falava do mar frio e da graça do menino. E lá então deu-se a tragédia, como acontece com as pessoas desse arquétipo argentino nas novelas. Numa disputa com o gerente do cassino pela posse de uma ninfeta cheia de graças invencíveis que ilegalmente freqüentava o cassino, num confronto entre homens de lâmina, Carlos, o marido, mais macho e mais decidido, como bem sabia e conhecia Wanda, Carlos matou o gerente a punhaladas com brilho nos olhos. A faca é um antigo fascínio dos argentinos, na carneação de bovinos e na degola de humanos; na vida e na morte, o bom manejo da faca é decisivo.

Ushuaia, implacavelmente. Condenado a oito anos por ter um advogado muito bom, amigo de juventude, depois de quase seis meses de prisão e julgamento.

Wanda não hesitou por um minuto sequer: era esposa e amava o marido, não poderia viver sem vê-lo, escutar sua voz cava. Combinou com a irmã, a avó da minha amiga que morava em Porto Alegre, encontrou-se com ela em Montevidéu e deixou sob sua guarda o menino de três anos, Eduardo. Foi para Ushuaia.

Tempos viveu. Chegou em pleno inverno e logo arrostou a treva gelada. O dia de chegada, 4 de junho, o choque, para sempre no buraco mais escuro da memória, como a primeira visita, três dias depois, um domingo. A capacidade de adaptação do ser humano é simplesmente fantástica, a genética vontade de vida. Tia Wanda, tão frágil de estrutura física e psicológica, ela, que se viu logo condenada a finar-se como um ponto naquele mundo vasto e obscuro de geleiras, mundo tão branco, tão puro de sol durante o dia curto, tão fundamente escuro nas noites gigantescas estreladas, ela tirou forças sabia lá de onde, forças do poço da alma e das radiações do cosmo, forças que ela ainda não conhecia, desdobrou-se e venceu, quer dizer, sobreviveu. Não ele, o marido, o homem forte e amorudo, cheio de raça e de nervos musculosos, ele, que não se deixou abater, que jurou cumprir a pena e sair dali para continuar a viver, que fez os cálculos e começou a computar dia a dia, sem desanimar, que sairia com 54 meses, isto é, com quatro anos e meio, para cumprir mais dois e meio em Buenos Aires, se tivesse bom comportamento, já que havia cumprido seis meses antes da condenação, ele, que se esmerou no bom comportamento, ele, Carlos, que era todo vontade forte e cálculo preciso, disciplina fina e dura, ele é que não resistiu e morreu de uma pneumonia avassaladora que se complicou numa tuberculose galopante em agosto de 1928, no inverno mais rigoroso de todo aquele tempo em que lá esteve. Morreu a quatro meses de sair dali, a quatro meses de deixar aquela cafua, a três anos do livramento condicional na capital civilizada, morreu tossindo sangue, sufocado no próprio sangue, na enfermaria do presídio, delirando com um novo chamado para a vida em pouco tempo, a esposa Wanda ao lado vendo tudo.

    Tempos viveu, a esposa. Aprendeu a cardar lã bruta, conseguiu empregar-se numa pequena fábrica de mantas grossas que eram vendidas para o presídio e para a gente, como ela mesma, que morava naquela terra gelada. Aprendeu a cardar, a fiar e a tecer, depois a costurar aquelas mantas; cortar e costurar ela sabia bem, por isso fazia casacos também, casacos rústicos para homem e mulher daquela lã bruta que agasalhava mais que qualquer outra que tinha conhecido. Foi sua vida ali naquele Sul. E as visitas que fazia aos domingos, as manhãs e tardes que passava com ele, comendo uma comida boa que levava numa marmita, conversando com ele, animando ele, olhando ele, que emagrecia, beijando ele, e até fazendo sexo com ele, coisa que nunca passara na cabeça dela, fazer aquilo na frente dos outros, de pé, sem se despirem, só levantando a saia, naturalmente, num canto para o qual ninguém olhava, combinação tácita, não havia essa coisa de visita íntima para os casados, mas os que tinham mulher, raros ali naquele fim de mundo, se apartavam num canto do grande salão, e ninguém olhava o que faziam, em pé mesmo, nem os guardas.

Tia Wanda contava nas cartas, escolhia palavras mas contava tudo, necessidade dela, o cuidado com aquele vínculo precioso, anos vinte do século XX, da Argentina para o Brasil. Era o domingo o dia de vida; os outros da semana eram de espera, de trabalho como estrutura de espera. Havia presos políticos lá, homens importantes, que tinham cultura e eram conhecidos no mundo, respeitados entre os presos e até pelos guardas, comunistas, revolucionários, Carlos gostava de conversar com eles. O pior, claro, era o frio. O único aquecimento que havia eram uns braseiros, três braseiros espaçados em cada um daqueles corredores enormes, que davam algum calor para as celas, muito pouco, nenhum aquecimento no interior dos cubículos, o que valia eram as mantas, eles enrolados nelas o dia inteiro no inverno. Veio a pneumonia, a tuberculose, coisa mais comum entre os presos, coisa feita mesmo de propósito, aquilo era um presídio para não se sair vivo, isso era dito explicitamente, o horror que dessa maneira inspirava.

Carlos teve a visão da morte quando a hora se aproximou. Falou então à mulher com ternura, incomum, sem chorar entretanto, chorando ela, muito, apesar do esforço ingente para disfarçar, as mãos limpando os olhos, o fingimento impossível de não admitir que ele fosse morrer. Ele falou e disse da revolta já contida, dominada, quatro meses para sair dali, puta revolta, mas subjugada, não se preocupasse, ele tinha sido forte a vida inteira e não ia fraquejar na hora da morte; só a voz era fraca e arquejante, mas ele não ia perder a dignidade de homem, o último patrimônio, o principal, não ia, não ia berrar nem diante da injustiça gritante de que era alvo, a ironia vingativa do destino de mau gosto, o insulto, mesmo, que sofria, de morrer poucos meses antes do livramento, tendo suportado e resistido a todas as condições aviltantes daquela prisão, sem se deixar deprimir, atirando fora, sempre, o peso do desânimo e a sombra da covardia. Não fraquejaria naquela hora. E reconhecia ali, naquele momento final, que ela, a esposa, Wanda, tinha sido o anjo bom da vida dele, de toda a vida dele, a ajudadeira, a samaritana, o bálsamo da vida dura e aventurosa de homem que ele tinha levado, por opção tinha levado, fado de homem bravo e digno, altivo, orgulhoso, sim, talvez demasiadamente, tinha sempre ostentado aquele pecado de orgulho que não podia ceder: homem, macho, podia entretanto ter sido mais carinhoso com ela, por exemplo, mais dulce em atitudes, em palavras, afagos, e tentava afagá-la então com a mão fria e vacilante, sobre o rosto molhado que ela entregava, era um aceno que saía do fundo do homem, em retribuição ao amor que ela lhe havia dedicado em todos os momentos de toda a vida, até ali naquele fim de mundo; ela viera para estar junto dele, entregava o rosto, as mãos, o braço àquela carícia debilitada, chorava e recebia, era o choro de todos os sentidos, ele mesmo dizia que podia ter feito e não o fizera, não tinha sabido ser mais amoroso, naquela hora confessava com ternura, verdadeira, no extremo da fraqueza física, não de alma.

    E então sugeriu, pediu mesmo, já que uma sugestão, mesmo leve, era naquela hora um pedido veemente, sugeriu com a voz que lhe era possível, pediu que ela praticasse um gesto de grandeza, muita grandeza da parte dela, tanta que custou a dizer o que era, era difícil pedir aquilo, podia ferir a dignidade, a delicadeza dela, disse que compreenderia perfeitamente a negativa, se fosse o caso. Rodou, rodou, falou, antes de chegar ao termo, ciciou sobre as forças tenazes que sujeitam e dominam o homem, justamente os homens mais robustos de caráter, de intrepidez na peleja, os homens de mais virilidade, as forças do sexo, da cupidez, capazes de acanalhar esses homens. Ele havia sido completamente subjugado pelos encantos daquela mocinha de Mar del Plata, confessava, sabendo que ela, Wanda, sabia de tudo, desde sempre soubera, ele subjugado pelos atrativos, os feitiços dela, confessava com vergonha, palavras e arquejos, referia a imagem e os poderes dela, recordava aqueles feitiços, ainda os tinha bem nítidos na mente, corpo e carnação de encantos dela, beleza de rosto, de pele, maciez e alvura, e sortilégios instintivos que ela tinha no falar, no olhar, no caminhar fescenino, e todo aquele confeito de belezas cultivado pela alma feminina e incitante que ela tinha, oh, no grau mais elevado, coisa até de bruxa, ou de fada, não sabia, mesmo hoje que via mais claro, recordava-se mas não explicitava ali para não magoar, referia só por alto, falava em sortilégios, e Wanda com certeza compreendia. Foi dizendo devagar, demorado, porque faltava o ar, mas também porque era difícil dizer tudo aquilo de uma vez só, e ele queria mesmo a confissão completa para entrar na alma da esposa e pedir o que queria. Ele havia sido inteiramente cativado por Valenciana, impossível controlar, tinha de ficar repetindo aquilo, enfatizar para abrir os meios de dizer o que era tão difícil, mas era, tinha sido, coisa selvagem de homem glanduloso que ele era, tinha sido. E por causa dela, menina-demônio, ou menina-fada, havia perdido sua vida, sua dele e dela também, dela a esposa, Wanda, esposa perfeita, ele culpado integral de tudo, penitenciava-se, aceitara aquele castigo de prisão macabra com o fim de expiar, para Deus e para ele mesmo, pela expiação transformar o mal no bem e poder refazer os dias deles, depois, em Buenos Aires, os dois, o casal que eles eram e provaram ser ali em Ushuaia. O bem, queria o bem e agora o tinha dentro de si, tinha crescido ali naquele fim de mundo, seria capaz de praticá-lo por eles dois dali para a frente como tinha planejado, queria-o esparzido, o bem verdadeiro, que agora sabia nitidamente o que era. O bem, repetia, o Bem, que era o sentido da vida. Da laringe, dos brônquios, dos pulmões já corroídos, da alma saía aquela expressão repetida, o Bem. E ele sentia uma necessidade irrefreável de dizer isso à menina-demônio de Mar del Plata. Dizer e tentar fazer com que compreendesse em definitivo o que era o Bem, ela também, bruxa que era, sim, bruxa, para Wanda dizia, guardava para si, para ele, o que fosse de fada, e o praticasse, ela, o Bem, a única coisa que dava sentido à vida humana, exconjurando os demônios. Então era isso. Era isso que pedia sem saber como dizer, pedia que ela, Wanda, fosse a Mar del Plata, procurasse a menina e dissesse isso por ele, que ele havia perdido a sua vida por ela, por desejo, tesão demoníaco por ela, mas que ao final tinha compreendido a natureza maior do Bem, como o sentido da vida, e queria passar essa compreensão para ela, para que meditasse e alcançasse a essência do Bem, que era a mesma do Belo, e fizesse da vida dela, que ainda era jovem, uma dedicação, que se fizesse uma fada, com todos os encantos que tinha, uma fada bela do Bem, era uma mensagem que intentava fazer chegar a ela, uma mensagem que ele havia recebido ali naquele tugúrio, vinda não sabia de onde, de que estrela, de que espaço, mas com certeza clara, tinha recebido a luz para que passasse a ela, a todos em geral, mas especialmente a ela, Valenciana, que tinha tudo para ser um anjo do Bem, todas as qualidades, características de fada.

Morreu depressa depois do esforço de dizer aquilo tudo, e foi enterrado lá mesmo, na Terra do Fogo, havia um cemitério para os presos; Carlos era argentino, nenhuma razão para levar o corpo a Porto Alegre, que era a morada dela. E Tia Wanda correu a encontrar-se com a irmã, a rever o filho, menino crescido de quem só tinha fotos, que emoção, a parecença com o pai se afirmando, nos olhos, no jeito empinado de andar.

Meses, dois ou três decorridos, não havia esquecido o pedido de Carlos, a difícil promessa feita por ela na hora final, confirmada a sós consigo mesma, tinha de voltar à Argentina, repassar aquela rota pesada de sensações que ainda tinha vivas no corpo, o corpo duro dele sobre o dela, insistente, as palavras de penetração que inventava, a cama larga da pequena casa em Buenos Aires, em Quilmes, bairro quieto de gente de trabalho. E depois o contraste, Mar del Plata, cidade do maligno, jogatina, balneário de tragédias, ah, memorial de tensões e amarguras, aquele bar do cassino, de luz artificial e cansativa, que ela freqüentava a pedido dele mesmo, para ajudar a controlar os serviçais, e podia ver, pessoalmente, frente a frente, a gamação do marido pela zinha, o borboleteamento zombeteiro e daninho dela entre Carlos e o gerente-geral, um bruto cínico de cabelos altos e costeletas que lhe dava anéis e perfumes, deixando Carlos em fúria olímpica, que acabava se despejando nela, Wanda, em toda sorte de maus-tratos. E mais, e ainda, a zinha, deixando ambos em desespero, a desaparecer na noite com algum potentado que passasse pelo jogo e sentisse a emanação feminina irresistível, oh, tempos aqueles, o estiramento crescente que deixava prever o desfecho, a ruptura sangrenta, recordações muito pesadas para ela. Enfrentou-as; foi, cumpriu a promessa.

Não foi difícil encontrar a moça, oito anos depois, quase a mesma, sempre rondando a roleta, vaporosa, vestida de gaze preta. Havia leves sinais de degradação, tinha de ter, mas a figura dela, toda, continuava a irradiar um fascínio que deixava as mulheres assombradas e até maravilhadas, condenadas à desatenção dos homens que transitavam em torno do pano verde numerado, vermelho 32, preto 25, os números dela.

Falou com ela, sim, embaraçoso, disse a que vinha, sentaram-se sozinhas numa mesa no canto do bar, aquele mesmo bar, igualzinho, explorado então por outro arrendatário, aquele mesmo bar que havia sido dela, Wanda, mulher do dono; ficou olhando, vendo as noites ali passadas, bem presentes ainda na cabeça dela, noites perdidas, sim, extraviadas da vida útil, da vida sadia que antes haviam levado, perdidas de raiva daquela mulher que agora ela via tão de perto, olho no olho como nunca, agora já sem raiva, podendo então esmiuçar o corpo e a alma daquela que Carlos queria como fada. Via que não podia ser; inconsistente o intento dele, não por lembrança má que evocasse nela, Wanda, não; não por raiva restante, não havia mesmo, culpada de tudo, sim, mas tão pequena diante do todo que tinha sido a vida, não era por raiva, nem tampouco por qualquer preconceito, não, de verdade, mas não podia ser fada porque não podia, por essência visível incompatível. Era uma puta, irremediavelmente. Agora, tão de perto e de verdade, podia enxergar a alma da outra pelos olhos. E enxergava o corpo também, obviamente, com detalhes que antes não lhe fora possível perceber, os detalhes que levaram Carlos a se render, a ser subjugado como ele mesmo dissera. Ali bem perto, vista sem reparo e sem rancor, uma figura toda feita da mais fina porcelana, extremamente agradável ao toque, via-se sem precisar tocá-la, sentia-se o tato pela vista, tal era a qualidade da tessitura daquela pele, uma consistência, aliás, que provavelmente se romperia a um toque mais bruto como o de Carlos, mais masculino. Seus movimentos obedeciam a essa exigência da fragilidade, eram movimentos lentos, alvos e sedosos, de puta japonesa que sabia, as mãos, o pescoço, o colo exposto, as espáduas suaves. O olhar dela, entretanto, era febril, fortemente contrastante com toda aquela delicada passividade do corpo. Tinha dificuldade em sustentar o seu ante o de Wanda, que era firme. Estava escrito em todos aqueles sinais visíveis, estava escrito e saía pelos poros, era uma puta, definitivamente, por natureza.

Então não dava para fada, sonho insustentável de Carlos.

Então não ia falar mais sobre aquela mensagem do marido. Por inútil, por perda de tempo; e por ridículo. Então cumpriu apenas o que podia cumprir, falou só dos fatos, contou e disse que contava a pedido do falecido, que tinha desejado aquela comunicação derradeira, estava ali por isso.

A outra escutou tudo em silêncio, palavras e gestos de silêncio completo, evidência de desconforto. Bem; era, estava feito. Mais nada.

Despediu-se, levantou-se e foi-se embora, cumprida a missão, avaliada peremptoriamente a inutilidade, mas nem por isso frustrante, ou completamente desinteressante. Tinha sido positiva aquela movimentação toda, o percurso de volta ao inferno, boa por cumprir a promessa e boa também para desenvolver avaliações sobre a vida, numa das suas partes principais, a principal parte da vida, as relações complexas entre o masculino e o feminino do ser humano. Tortuosas mas necessárias para a perpetuação da humanidade, que era a vontade de Deus. Havia uma canalhice essencial no homem que a mulher devia aceitar: homem gosta de puta.

Voltou a Porto Alegre e conviveu com a irmã, sua parceira antiga; também com o irmão, bem mais moço do que elas, parceiro novo, homem, que acabou por ingressar no Banco do Brasil, sendo transferido para Caxias do Sul. Conviveu ainda com a sobrinha, e principalmente com o filho, afinal, os genes de Carlos que se mostravam e se afirmavam. Prazeroso aquele convívio com a gente dela, do mesmo sangue, que tinha história de gente simples e correta, não de lutadores compulsivos, pretensos heróis, gente boa como era a maioria daquela cidade que era a sua, Porto Alegre, como gostava, uma cidade do Sul, sim, mas onde se reconhecia e se evitava o pecado, não era zona livre de pecado, como Mar del Plata, cidade de cassino, de pouca vergonha, como o Rio de Janeiro segundo ouvia falar, a Bahia também, até Cuba, as terras de mar e de sol compreendidas entre os trópicos.

Costurou durante esse tempo grande de sua vida horizontal, ensinou a irmã, que sabia já alguma coisa, a costurar na lã, fazer casacos grossos e elegantes, e ganhavam seu pequeno dinheiro que dava para pagar um colégio bom para Débora, a sobrinha sem pai, pai que fugira para o Mato Grosso, mais aquela, homem era tudo igual, fugira atrás de gado e pasto, isso ele tinha dito, mas na verdade tinha sido atrás de mulher; e colégio também para Eduardo, o filho que crescia na vertical com a cara do pai e era um estudante de médio para bom, desde o primeiro ano sem repetir, depois um adolescente pacato, formado entre mulheres, a mãe, a tia e a prima, porém masculino no visível da rigidez das carnes em formação, glanduloso como o pai, com certeza ia ter aquela mesma voz grave, cavernosa. A mãe olhava o filho, passava amor nesse olhar, mas não blandície, nenhuma, com receio de efeminação.

A vida simples de Porto Alegre, de acordar cedo e começar devagar, ir à padaria comprar o pão fresco, o leite, e ficar olhando as pessoas no caminho, cumprimentando quase todos, conhecidos, o povo da manhã, seis horas, seis e pouco, no inverno ainda escuro e muito frio, tinha de andar depressa, aquela gente agitada que se movia para esquentar o sangue, o povo simples da manhã, saudável e jovial, varredores de calçadas, entregadores de pão, de jornal, motoristas que chegavam, o povo alegre da manhã, assim em qualquer parte do mundo, o povo abençoado da manhã, ela conhecia, o povo de Deus acordava cedo.

Só uma preocupação: o menino bom e rijo, o menino limpo e crescido, chegando à altura do pai, com 14 anos, já com voz grave, ouviu no colégio alguém falar sobre o integralismo e de repente se meteu naquilo, uma farda, uma camisa verde com o sigma preto no braço, e um dia saiu marchando pela Avenida Borges de Medeiros, graças a Deus não houve em Porto Alegre conflitos como no Rio e em São Paulo, contra os comunistas, até com mortes. Havia, sim, muito alemão que se babava na figura de Hitler, ouvindo discursos do chefe pelo rádio em ondas curtas, simpáticos e alguns até entusiasmados com o integralismo, a maioria sem acreditar muito naquele chefe paulista, literato, que mais parecia uma caricatura comparado com o verdadeiro de Berlim, que falava a linguagem da história e da grandeza, e falava em alemão, a língua culta.

Não houve explosões em Porto Alegre, mas de qualquer maneira foi um susto, que aumentou quando os integralistas tentaram dar o golpe no Rio e até cercaram, armados, o Palácio Guanabara. Muita gente presa e muito maltratada na polícia, uma brutalidade. Diziam até que um grupo grande havia sido fuzilado nos fundos do palácio. Graças a Deus, Eduardo era menino demais. Teve medo, mas, com o tempo, passou aquilo. As emoções de mãe são mais fundas porém brandas, nunca levam a paroxismos de rompimento como as de pai. O filho pode sair de casa, na ânsia da liberdade e do sexo, a mãe nunca o expulsa, fica rezando de longe, seguindo, chorando, foi assim com Wanda. Eduardo foi estudar arquitetura em São Paulo, impossível para ela recusar, era uma faculdade reconhecidamente muito melhor, a Universidade de São Paulo era uma fama, e ela tinha o dinheiro acumulado com austeridade para isso mesmo, e ele já ia com um emprego de desenhista assegurado numa firma de engenharia de gente do Sul que se estabelecera lá.

Depois do integralismo, o tédio tinha crescido na vida do rapaz lá em Porto Alegre, o desinteresse, a apatia e logo a queda no rendimento dos estudos, os tempos enormes de silêncio fechado no quarto, deitado e pensando, coisa boa é que não era, só podia ser em vício de menino-homem ou no fracasso da existência diante dos sonhos de meninice, o tempo passando implacável, o tique-taque do relógio, segundo a segundo, levando a gente para o nada, coisa mais idiota a vida, ele, do outro lado da porta, deitado, pensando assim, até na morte, no nada, de onde a gente tinha vindo, qualquer um veio do nada, antes de nascer era nada, veio do nada pela vagina, do útero, do ventre, tinha visto num livro de medicina homeopática uma figura bem desenhada da vagina, não sabia se aquela palavra, vagina, vinha de vagem, se a palavra vagido vinha de vagina, mas o fato era que se voltava ao nada, que era a morte, um desfalecimento e tudo deixava de existir. As coisas todas só existem porque existem as pessoas para percebê-las. Se não existisse ninguém, não haveria coisa alguma. Bastava que existisse uma pessoa, e as coisas também existiriam, mas essa pessoa enlouqueceria e acabaria confundindo todas as coisas. Robinson Crusoe estava a ponto de enlouquecer quando apareceu Sexta-Feira. Então conseguiram viver, os dois. Sem mulher, não havia mulher nenhuma, nenhuma vagina para ser penetrada e fecundada. Ele ficava pensando essas idéias, ele tinha saído da vagina da mãe. Assim era a humanidade, toda ela tinha saído da vagina da mãe. E era a humanidade que dava sentido a tudo, Deus tinha criado o homem para dar sentido às coisas, aos mundos que ele havia criado antes. Mas foi fazendo devagarinho, peixes, aves, mamíferos etc., não precisava de répteis, foi um erro, um desvio. Eduardo ia pensando dias inteiros no quarto, e a mãe em crescente inquietação, imaginando o filho a se masturbar o tempo todo, quanta coisa lhe tinha sido dita a respeito daquilo, nenhuma namorada na vida de Eduardo, não era normal para um rapaz tão bonito. Podia ser excesso de masturbação.

De repente veio a idéia de São Paulo, não sabia de onde, mas ela deu graças a Deus!

Veio junto com a idéia de arquitetura, não tinha ânimo para estudar engenharia, muita matemática, parecia um fosso intransponível. Gostava de desenho, desenho geométrico inclusive, fazia bem os traços e as épuras. Começou a fazer aquarelas e foi o professor mesmo que lhe apresentou o caminho da arquitetura, que era uma arte, era a arte da construção, da engenharia de construção. Com certeza, Nossa Senhora do Rosário tinha olhado para Wanda na igreja em devoção, tinha sentido compaixão de mãe, tinha atendido o rogo que lhe fazia. Era a separação, era uma dor muito grande, mas era a salvação dele. Graças a Deus!

Mãe e filho em quinhentos quilômetros de separação, cartas e telepatia, cartas freqüentes dela, duas, três, até ele responder para dizer nada, rotina, mas ela sentia que ele estava bem, pelas ondas do éter sentia. É uma relação que tem muita biologia, essa, é genética, é visceral, está em todas as células do corpo, mas que tem também uma dimensão espiritual forte e insondável, que transita pelo éter. Muito mais em um sentido que no outro, principalmente a partir da emancipação, esse desenlace, quando o ser do filho se completa outro. Eduardo não voltou nas férias, pretextou que tinha de ir ao Rio a serviço da firma, o que era mentira e ela sabia, pelas ondas, era o desejo dele de conhecer a capital, a cidade maravilhosa onde tudo sorria de tão belo e pecaminoso, o mar, as praias. Foi então que ela começou a adoecer, devagarinho, pela alma.

Foi uma doença esquisita, que começou com manchas na pele, uma coisa feia, médicos sem saber, até ser reconhecida como lúpus eritematoso, uma doença inexplicada que não tinha cura; foi, foi, em um ano o estado dela era já bem grave, e Eduardo veio a Porto Alegre e ficou impressionado, teve de pronto a visão da morte na mãe, teve horror e não quis ficar para ver, voltou a São Paulo, e ela morreu no meio daquele ano ao lado da irmã.

Deixou economias, mulher extraordinária era ela, de uma austeridade primorosa e organizada; Eduardo só então foi vendo e avaliando, recolhendo informações sobre ela e sobre o pai, fazendo comparações, recompondo a história dos dois, aquilo virando um fascínio para ele, na medida em que percebia a grandeza da mãe, a força dela, força moral, disciplinada, a força do amor dela, a capacidade de amar até os extremos sem espalhafatos, conjugada com aquela personalidade forte e rígida. Ele, o fruto, Eduardo, então com vinte anos, sabendo e compreendendo, fruto principalmente daquela força dela que tinha superado tudo, as maiores loucuras do pai jogador.

O pai, figura esquisita, matador de punhal.

Que não havia conhecido.

Então de repente deu aquilo, aquela vontade insopitável, determinação dos fados, como tal, irrecusável, a decisão de largar o curso no meio, ele estava então em Porto Alegre tratando das coisas deixadas pela mãe, perplexo, conversando com a tia e a prima que sabiam muito, as mulheres sabem mais das coisas da família, deu aquilo de ir à Argentina e seguir os rastros, ir a Buenos Aires, e principalmente a Mar del Plata e a Ushuaia, a terra sinistra onde a mãe havia vivido e se fortalecido, duramente, sozinha, só para acompanhar o pai que cumpria pena.

Pai. Cumprindo pena no fim do mundo. Apunhalador. Seu pai.

Extemporânea? Ao contrário, decisão madura, aquela, necessidade pronta naquele momento, vinda daquelas remexidas que levantaram todo um conhecimento *ex-post* daquela mulher brava, sua mãe, de tudo o que ela tinha enfrentado sozinha num país estranho, seu esforço enorme, sua tenacidade, precisava conhecer a natureza do chão em que tudo aquilo se tinha desenrolado, a figura do pai, tinha de retraçar melhor, não sabia nada dele, e, também, afinal, conhecer a sua própria terra natal, ele era argentino de nascimento, não se via como tal, obviamente, era brasileiro, mas tinha nascido naquele país que não conhecia. Tinha de ir, não podia adiar.

Foi. Começou vendo a pequena casa em Quilmes onde os pais tinham morado, rastreou e descobriu a casa, conversou com uma velha vizinha que os tinha conhecido e se lembrava, soube que o pai era um aficionado do turfe, um apostador de cavalos, inveterado, apaixonado pelas corridas e pelos animais, ia ao hipódromo quase todo dia, não apenas nos dias de corrida, estava em Palermo de manhã bem cedo, antes do desayuno, para ver e alisar os cavalos, conversar com os tratadores, conhecia-os, participava daquelas emoções junto com eles, ganhava e perdia, mas emocionava-se com os cavalos, os mais belos do continente, o Uruguai não tinha iguais, muito menos o Brasil, nem de longe, os grandes campeões estavam em Palermo, em todo o seu esplendor, zainos, tordilhos, alazões, flamejantes, animais de uma altivez divina, animais com alma e sentimentos. Ganhava, sim, boas boladas, apostava alto porque tinha as informações de dentro, sabia das preparações, conhecia os grupos e tinha partes neles. Claro que perdia também. Mas sobretudo era a paixão, fazia suas apostas muito pela figura, o caráter dos animais que observava com o encanto de um colecionador, as curvas da musculatura, o desenho do corpo do cavalo, sua esbeltez, a proporção das partes, o peitoral que mostrava a capacidade respiratória, e as ancas que impulsionavam o galope, analisava o estado de saúde pelo brilho e pela maciez do pêlo que alisava; na manhã da corrida escutava a respiração e pelo olhar sondava o humor, a disposição do animal para aquele dia. O cavalo, a jóia da Criação. Em Ushuaia, na cela, tinha pregadas na parede fotografias dos grandes campeões argentinos; cavalos, não os craques do futebol como a maioria. Mulheres também não; havia só uma a merecer pela beleza total, mas era aquela que lhe arrebatara a vida, e dela não queria recordações; a esposa, sim, era querida, mas esta vinha todo domingo, estava ali em carne, não precisava foto, era companheira de tutano.

Eduardo via, pesquisava e ia descobrindo a figura do pai, mais do que os contornos que conhecia, foi levantando as idiossincrasias, achou até um irmão dele, velho de 72 anos, alto e magro, firme ainda, que vivia em Rosário, não era longe de Buenos Aires, pegou um trem e foi até lá, conversa amiga desde o início, o velho agradado com aquela procura de um sobrinho que não conhecia, praticamente se esquecia da existência dele, conversa de um dia inteiro, o velho fez questão de oferecer um almoço, a carne argentina insuperável no sabor e na consistência, churrasco feito no couro, era um mestre, sim senhor, conversa sobre todos os temas, principalmente sobre o irmão do velho, Carlos, que era o pai de Eduardo, naturalmente, a meninice e as peraltices da juventude, sempre fora um atirado para os encantos que lhe passavam pela frente, as moças que o atraíam, as patifarias, fazia de tudo para namorá-las. Tinha sido atleta, um corredor saltador de barreiras, quase campeão argentino, suas pernas compridas e ágeis, talvez daí viesse sua paixão pelos cavalos de corrida.

Conversa sobre o Brasil e sobre a Argentina, a Argentina se tinha adiantado mais porque acabara com a escravidão e expulsara os negros, acabara com os índios também, a muito custo, desde Buenos Aires, não só no interior e na Patagônia, a capital havia sido arrasada pelos índios em fúria, bárbaros, atrasados, tinha sido uma epopéia a conquista de todo o território para a cultura européia, enquanto o Brasil tinha mantido aquela coisa horrorosa e primitiva até o fim do século XIX, enchendo o seu espaço de africanos muito broncos, este o elemento do atraso brasileiro, mas aos poucos o país ia embranquecendo e europeizando sua raça. A coisa da política, a Argentina caindo nas mãos dos militares, mais uma vez, tantas vezes na sua história, o velho resmungava, dizia-se que desta vez eram militares de elite, bem formados culturalmente, organizados nos moldes alemães, onde haviam estudado, mas tinha dúvidas, via seu país em decadência, os tempos de progresso ficando longe no passado, os tempos de Irigoyen, o grande presidente, Hipólito Irigoyen, o velho se lembrava, era sua juventude. Havia um terceiro irmão, sim, que já tinha morrido, era o mais velho dos três, tinha sido capitão de navio, conhecia o mundo e era a atração dos outros dois irmãos pelas histórias que contava, pela vida aventurosa, mulheres do mundo, ah! O velho deu a Eduardo uma fotografia dos três como meninos com os dois pais, avós dele, foto de 1900, calças curtas e suspensórios, carinhas muito sérias, Carlos, o pai, era o do meio.

Pesquisava e ia desvendando, o tempo do pai, retraçava a figura e ia tendo por ela uma ternura póstuma, o pai, sentia dentro de si o carinho antigo e sisudo do pai, não era lembrança, não tinha lembrança nenhuma do pai, era uma construção de imagem completa, figura, voz, o tato das mãos e do rosto, que vinha daquela escavação que fazia do homem que o havia acariciado, ele muito tenro, o homem arrebatado nos impulsos da vida, que havia gerado esta outra carne, o filho, ele, Eduardo, tão pequeno, que levava pela mão, era capaz de sentir a mão do pai, quem sabe, talvez o único resquício de lembrança, o segurar firme da mão grande do pai, passados tantos anos, não podia ser lembrança, ele tinha três anos somente, não era só o tempo de desligamento, era a falta de memória daquele tempo de consciência ainda não formada, não era lembrança, mas uma força biológica que voltava, reaparecia materializada, energia represada tanto tempo que se ia agora soltando e expandindo a alma dele, o filho, quase se fundindo com a figura física do pai, coisa extraordinária que sentia, a figura que era capaz de retraçar, de finura, toda uma aparência de firmeza e de nobreza, figura esbelta e rija, de estatura e de beleza. Figura comum entre personagens de romance, não na vida real, e era seu pai, que na verdade nunca tinha visto, sim, era como se nunca o tivesse visto, separado dele ainda sem consciência, o homem da vida da mãe, sua paixão, sua dedicação total, tão distante aquilo tudo que tinha sido e não era mais, havia muito não era. Ficava Eduardo longos tempos parado diante da mesa, repassando dados, fotos, e imaginando, um enlevo aquilo, juntando peças, os dois vivos pegando ele no colo, acariciando o bebê deles, os dois enterrados, longe um do outro, tudo passado, virados em pó, ossos das carnes que eram a carne dele.

Então deixou Buenos Aires, tomou o trem e foi a Mar Del Plata.
A segunda etapa da sua viagem de pesquisa. Eram bons os trens argentinos, confortáveis e pontuais. Mas a Ushuaia teria de ir de navio, não havia trem para a terceira etapa.

Um balneário de jogatina, claro, banho de mar era só pretexto, água fria e praia feia, hotéis grandes e luxuosos, isso sim, muito mais do que os que conhecia no Brasil, no Rio e em São Paulo. Tudo na Argentina era maior e mais rico, as cidades pareciam as da Europa, os prédios, as avenidas largas, os jardins, os hotéis — Buenos Aires tinha metrô. E não era uma cidade tão antiga como outras do continente, São Paulo era muito mais, Salvador, Recife, Lima, México, talvez por isso fosse tão próspera, tinha crescido só a partir do século XVIII, mas não podia ser explicação essa modernidade relativa que já não era mais modernidade nenhuma, tinha duzentos anos, e ademais o Rio era também dessa época. A explicação do velho tio, sim, podia servir bem, a escravidão até muito tarde, o tanto que havia de pretos no Brasil, o Rio no século XIX tinha mais preto do que branco. Bem, mas em Porto Alegre também não havia pretos, muito poucos. Especulações que gostava de fazer; compreender as cidades era também sua profissão, pensava nessas coisas, tinha ouvido a respeito e tinha estudado com interesse.

Mas argentino era realmente cruel e sanguinário; a história deles era feita de muito sangue, de guerras e degolas. E arrogante; um povo muito arrogante. Tinham muito progresso, verdade, mas não haviam tido períodos longos de paz e estabilidade política como o Brasil, que parecia muito mais humano no geral. Pensava assim; pensamento de brasileiro. A verdade era que os pretos tinham adoçado o caráter brasileiro, com o açúcar da Bahia e de Pernambuco que eles produziam, e com a sua música, eles tinham o gênio musical, e a dança também, meditava, na arquitetura não havia nada da África, mas em tudo o mais o Brasil tinha muito, nas comidas, nas falas, o sotaque aberto brasileiro tinha vindo dos africanos, no jeito pacato de ser, as negras baianas eram a encarnação da bondade e da doçura. Só agora o brasileiro estava se descobrindo, revelando seus talentos para si mesmo, ele era um entusiasta da arte moderna brasileira, a presença africana ali, nas cores, nas curvas dos corpos, fazia suas aquarelas, gostava, conhecera Tarsila do Amaral numa palestra que ela fizera na faculdade, tinha lido muito de Mário de Andrade e Oswald de Andrade, os dois paulistas maiores do movimento modernista, e não tinha notícia de nada igual na Argentina.

Não foi difícil encontrar Valenciana.

No mesmo bar do cassino que havia sido de seu pai, o mesmo luxo amplo e argentino, estilo velho, europeu do princípio do século, homens ricos, ou aparentemente, de smoking, em torno da mesa verde comprida, esteve alguns minutos perto deles, alguns arriscando a sorte como se jogassem a vida num lance, vincos na face descolorida na espera, mas impassíveis, cavalheiros honrados, de estirpe britânica, o olhar que não deixava passar a angústia sobre a bolinha fatal que rolava. O bar ao lado, praticamente no mesmo ambiente, separado por um espaço amplo, de uns seis metros, e por uma grade baixa trabalhada em ferro fundido, ela sentada sozinha numa mesa para quatro pessoas, art déco, tampo de vidro, ombros curvados e cabeça erguida em visão despreocupada e vaga, logo entretanto fixando-o como atraída pelo inusitado, o extraordinário que era a beleza daquele moço fino de olhos claros e cabelos pretos luzidios, bem argentino, vestindo um terno azul escuro, simples mas bem talhado, limpo. O sentido lhe disse, a ele, que era ela mesma que o olhava. Perguntou discretamente ao garçom pelo nome de Valenciana e obteve a confirmação. Não era nenhuma informação metafísica, era a própria evidência, viu que ia ser fácil, talvez até houvesse forças de outro plano que ajudavam.

Ela se vestia de preto, com os ombros de fora, vestido de noite. Ela sempre se vestia de preto, para realçar a beleza e a pureza daquela pele clara como a luz da manhã. Ela era bela ainda, aos trinta e tantos anos era uma mulher de beleza distinta, a figura toda bem-cuidada, esmero nos gestos e nas atitudes, as mulheres argentinas eram assim, aquela sofisticação que ostentava a arrogância da raça. Ele se aproximou sério e indagou com voz de respeito se podia sentar-se ali com ela um pouco e lhe oferecer algo. Não era nenhum despropósito, uma mulher bonita sentada sozinha num bar de cassino estava ali para ser convidada. O sotaque de brasileiro, entretanto, o timbre da voz, traços, e a mesma informação metafísica denunciaram a ela quem era aquele jovem.

Parou por cinco segundos, o próprio pensamento parou, ficou olhando-o, a mão direita no ar, segurando o cigarro como num desenho clássico, e então disse que sim.

Era o primeiro sim, mas era definitivo aquele consentimento, logo o percebeu, perceberam ambos. Inelutável. A partir daquele instante tudo seguiu sua trajetória previsível porque inevitável, como se traçada pelos astros. Ela não tinha no espírito nenhum pendor para a fatalidade, mas ali, na frente daquele jovem tão bonito que lhe falava com o prumo de homem feito e decidido, reconheceu a certeza do enredo, a vingança de alguma entidade, isso existia, algum demônio que vinha cobrar o retorno de sua malícia, do requinte malicioso que era o seu modo feminino de ser, e que despertara em Carlos o desespero que o levara ao crime e à ruína.

Entidade se pode chamar também força da natureza, programação genética impressa nos circuitos vivos que o ser do homem porta dentro de si com a mesma efetividade dos órgãos vitais, dos músculos, dos ossos, dos sentidos, traz nas células como um código de mando que não pode deixar de ser obedecido — mesmo este ser único que se move numa área de certa liberdade, do chamado livre-arbítrio, mas que traz no imo comandos dessa natureza, que o arrastam por vezes até o desvario. Tinha sido assim com Carlos diante dela, agora era a vez dela com o filho de Carlos. Entregou-se, porque tinha de; era imperativo.

Mas esmerou-se, conhecendo o destino e o fim, esmerou-se porque era também do seu ser feminino, o tanto quanto sabia, esmerou-se na entrega, atada naquele propósito de ser impecável na sedução, estudando cada ponto, detalhando milimetricamente, incansável. Era bela ainda, tinha formas e cores para mostrar calculadamente, tinha um cacife, uma pele branca e sublime, olhos claros e esplendentes, na consistência da carnação ainda havia viço. E, ademais, os gestos, as falas, cada uma no seu tom escolhido e apropriado, os lances de cabeça e de olhos, as mãos, sim, muito ligeiramente fanadas, mas tratadas com requinte, os pés, as roupas de fora e de dentro, até o feminino suspirar na cama. Esmerou-se e conseguiu, entregou-se ganhando, Eduardo foi dela como os outros.

Foi dela, sim, mas ela foi dele em grau mais forte, a vez primeira em sua vida, esse era o destino avisado, rendia-se a um homem com o sentimento que obedecia a uma ordem interna absoluta, a paixão que nunca tinha tido até então, já tão vivida, paixão de mulher vivida.

Logo em dias, ele disse que não queria continuar naquela cidade de jogo e devassidão, cidade de risco permanente, e levou-a para Buenos Aires sem resistência. Ela resistia, sim, a vir para o Brasil, e ele não insistiu com receio de atritos entre gente amiga, pessoas culturalmente muito diferentes.

Conseguiu alugar uma pequena casa em San Telmo, não queria saber de Quilmes, a cidadezinha suburbana do pai e da mãe; ela tampouco queria. Ficava na calle Bolívar, perto dos dois pontos do bairro de que mais gostava, aonde ia com freqüência, o velho mercado, aquela estrutura magnífica e ampla, cheia de atrativos de ver e admirar na arquitetura, e a pasage San Lorenzo, concentração de artistas, de ateliês, onde começou de aprendiz e ao fim de oito meses desenvolveu seu meio de vida na cidade, pintando aquarelas que Valenciana vendia num dos cantos do mercado, e principalmente fazendo maquetes sob encomenda. Era requisitado pela habilidade técnica que havia aprendido no Brasil, e pela sensibilidade de arquiteto que lhe permitia fazer sugestões e por vezes alterar, com aprovação crescente, projetos que lhe eram trazidos.

Oh, que história, foi um tempo feliz, podia dizer, de simplicidade e muita motivação, um tempo em que amou o quanto quis o aveludado corpo de Valenciana e sentiu o regozijo pelo valor de sua arte que ia sendo reconhecida.

Foi. O ser do homem é assim, foi, é, ou não é mais, será talvez, quem sabe, o tempo se desdobrando em cenários diferentes, até no mesmo lugar. Foi, no caso de Eduardo, seu tempo feliz escoando em passos ligeiros. Trabalhando com gosto, comendo com regalo o quanto ganhava, a carne argentina incomparável, o vinho rico em cor como em sabor. Ouvindo o tango em cada parte daquele bairro, invejoso dos dançarinos, desairoso ele nesta parte, ciumento mesmo quando Valenciana dançava com algum amigo que sabia dar os passos e os mostrava em par com ela.

E naqueles tempos criou-se dentro dele a figura quase real de um sonho que se repetia com muita freqüência durante as noites, sem que ele alcançasse a razão daquilo. Sonho mesmo, dormindo na cama, Eduardo via com nitidez e acompanhava os movimentos elegantes do pai e da mãe dançando um tango. A figura do pai era esbelta e habilidosa nos movimentos de pernas e braços, nítida, mas as linhas do rosto eram imprecisas — Eduardo o tinha visto muito demoradamente nas fotografias, com luz e com lentes, mas em contorno estático, não conseguia compor os movimentos faciais que a dança produz. O rosto da mãe, sim, bem se delineava, claro, de grande beleza, jovem e pura, pairando quase em suspensão. Dançavam, dançavam, e ele acordava em graça, como se não tivesse peso nenhum no corpo.

A mãe dançava bem o tango, levitando graciosa e fazendo os movimentos com precisão, ele a tinha visto uma vez em Porto Alegre, era adolescente, dançando no palco com um professor argentino na festa de fim de ano do colégio. A cena ficou-lhe com uma carga positiva, apesar da quiziliazinha que deixara em relação ao professor, mas era uma destreza da mãe, fina, uma veia artística que ela tinha, aliás ela cantava bem, afinadinha e melodiosa. A cena se repetia agora nos sonhos com a figura do pai vivo mas incerto nos traços faciais. Só que — aí estava o caroço da questão —, só que a mãe dançava bem o tango artisticamente, sem nenhuma sensualidade perceptível, isso era claro, dançava como moça de bem, apesar de ser o tango uma dança sensual, mas ela sabia fazer os movimentos com beleza e graça, sem nenhuma putaria. Enquanto Valenciana, caramba! As coisas se imbricavam por aí sempre que despertava daquele sonho. Valenciana dançava como se da sala fosse diretamente para a cama com o tanguista. Aquilo era uma coisa que incomodava muito, incomodava fundo, Valenciana era uma puta, uma evidência.

Andavam discutindo muito ultimamente, por essa e por outras razões, e Eduardo começava a se convencer de que tinha de deixá-la.

Inventou que tinha de ir a Ushuaia, que era um compromisso consigo mesmo. Ela disse que iria junto, e ele deixou passar aquilo, o dito pelo não dito, aquele projeto inicial estava extinto.

Ganhava tempo, curtia paciência, porque ainda estava tirando bom proveito do seu trabalho, em dinheiro e em experiência, em certa fama até, ganhava estilo e aperfeiçoava, sentia que o processo ainda se estava desdobrando e não queria interrompê-lo. E se deixasse Valenciana, teria que voltar para o Brasil, não poderia continuar em Buenos Aires, tinha de ser assim uma espécie de fuga para evitar o escândalo. Então precisava de tempo, e ganhava tempo. Mas um desassossego impregnava sempre mais a sua mente: Valenciana parecia que cada dia gozava mais nos feitos do sexo, convulsa de prazer, impressionante. Ele tinha ouvido muito em conversa de homem no Brasil que mulher que gozava muito no sexo não podia ser boa coisa. E ali estava, bem claro, confirmando evidências, Valenciana era uma puta. Com os respectivos sentimentos e comportamentos, ia ser um problema deixá-la, previa escândalos vulcânicos.

Ela se olhava compulsivamente no espelho. Cada vez mais, embora sempre o tivesse feito com muita freqüência, sabia que ali estava o seu patrimônio, todo o seu tesouro, que fora aprendendo desde muito jovem a utilizar para o seu desfrute organizado, com habilidade, saber crescente, de tal forma que ao longo dos anos só tinha avultado aquele patrimônio, administrado com os ademanes adequados e aperfeiçoados, melodias de voz e justeza dos vestidos, quase sempre pretos ou escuros, de modo a ressaltar a alvura límpida da pele. Ela era bela, e por isso podia. Sobre os homens. Repetia, era bela e podia. Tinha poderes pela beleza e pela feminilidade, e também pela astúcia, não, astúcia era palavra feia, jogo de raposa, ela tinha sagacidade, sutileza, qualidade humana de fina inteligência, era, ela era assim, sua força era efetiva no mundo em que vivia, sua imantação, que ela chegava a enxergar como uma aura no espelho, olhava, fixava bem, e via a luz daquela força que arrastava abrasamentos e desgostos entre os homens, que ela escolhia segundo o poderio de que dispunham. Podia. Porque era mulher de fazer soluçar qualquer homem de sofreguidão.

E agora tinha ali o fosso à sua frente: a paixão agora era dela, chegava também a ver quase em aura no espelho. Claro que ele igualmente se curvara em beijos pelo corpo dela, ele também soluçara e abandonara tudo para ficar com ela; mas com uma diferença essencial; havia uma diferença que marcava tudo, um fator diferencial e essencial; ele tinha vinte e poucos anos, ele crescia em sucesso no trabalho porque a vida dele estava em fase de ascensão, Eduardo estava em idade de ascensão, em idade, de ascensão, na sua arte e no fascínio que espargia com os cabelos pretos, com os olhos claros, com as mãos, no passo em que ela fanava, coisa funda e amarga, fanava devagarinho, mas fanava, perceptivelmente, esbatiam-se-lhe as luzes e as curvas, o esplendor, o patrimônio da sua vida. Era um ferrão que penetrava a alma, também devagarinho, mas sem alívio, porque sem retorno. A consciência do fosso profundo ali diante dela, no espelho, o moço brasileiro bem-sucedido, que ainda a buscava à noite para uma cópula de amor, porém sem mais aquela avidez de antes, nem um traço mais, na verdade, nem um traço daquela ânsia ofegante de homem que ele tinha antes.

E foi ela que então deixou vazar, pela primeira vez, o ciúme, o visgo da insegurança, a inveja que tinha da potência dele, da independência dele, de uma quase arrogância das pessoas seguras de si, que sempre fora o modo dela diante de homens e mulheres, e que agora via nele, sim, com certeza, a arrogância dela de outrora posta agora no jeito dele, nas palavras dele, no andar e no agir dele, no interesse menor, cada vez menor, que manifestava por ela.

Insuportável.

Dia a dia mais insuportável, ou cada semana, ou mesmo que fosse cada mês, aquilo não ia acabar bem, ela perdia o controle e gritava com ele cheia de espinhos, e cada vez o afastava mais do seu campo de atração, o campo magnético dos ardis femininos. Mal-estar, havia algo como uma azia ardendo na relação entre os dois.

O ódio, então. Fatalmente.

A energia do ódio; seu caráter: pessoas que são capazes de odiar e de se comprazer no ódio, arder no ódio por gosto. Valenciana naquelas semanas que precederam o desencontro. Que era fatal, ela sabia que era fatal, só queria deixar ferver a sanha mais e mais, para executar a vingança com mais prazer. Ela, linda mulher de 40 anos, ainda desejada, figura de feminilidade tão delicada, a pele ainda como uma pétala de camélia, oh, ia derreter chumbo na panela e jogar aquele metal líquido fervente dentro do ouvido dele quando ele estivesse dormindo, ele dormia de lado, bem de lado, dormia profundamente, o chumbo derretido ia entrar queimando até o cérebro, uma sentença de morte decretada com grandeza de rainha, ela, Valenciana, rainha que não ia perder o cetro mas mostraria seu poder no último minuto com aquele ato glorioso. Pensou assim e cultivou esse pensamento por semanas, até quando deixava que ele ainda a beijasse e penetrasse na cama, ela pensava, fingindo que gozava. Valenciana. Tinha caráter.

História.

A história dela, desde que ganhara a autonomia, precoce, saindo de casa para livrar-se definitivamente do praguejar funesto da mãe e dos bofetões pesados do pai, era uma história de vitórias. Tinha tido sempre os ganhos, mocinha tenra, frágil, ganhando os homens bravos, sempre vitórias. Então, não podia suportar. Quando ele disse, como se dissesse por dizer, mas era para ver a reação dela, que tinha vontade de voltar ao Brasil para terminar seu curso de arquitetura interrompido, disse isso olhando para ela, esperando a reação, e não disse nada sobre ela, nem mencionou a hipótese de levá-la com ele, mesmo sabendo que ela rejeitaria, que não gostava do Brasil, que não iria de jeito nenhum, mas assim mesmo era obrigação dele, obrigação de amor, convidá-la a ir com ele, e ele não disse nada, nem por delicadeza, aquilo era tudo que ela já sabia e que esperava. Ia e voltava no pensamento, ele tinha de ter falado em levá-la, eram um par, marido e mulher, não que ela quisesse ir, não iria nem acorrentada, Brasil era terra de selvagens, um nojo, não iria, mas esperava que ele pelo menos falasse em levá-la, aquilo ia e voltava no pensamento, fazia o curto-circuito do ódio.

Não; não eram, não eram mais um par, ela sabia, era verdade, mas ele podia fingir, por delicadeza, estava fingindo amor o tempo todo, e ia deixá-la mais dia menos dia. Do ódio ia à fraqueza do choro, sozinha, nunca na frente dele, mas era uma mulher delicada e merecia amabilidades, nem que fosse pelos gozos que tinha dado a ele, sabia que gozo de homem era uma coisa muito valiosa e recompensada. Não, fraqueza, não, não ia aceitar aquilo, aquela fuga dele, mas não ia falar nada, nenhum protesto, não falou nada naquela primeira menção, escondeu a reação, queria conferir, ver se na segunda vez ele não falaria em levá-la, se ela não valia mesmo mais nada para ele. Sabia que era assim, que ele nunca tinha tido por ela aquele amor do querer bem, o verdadeiro, tinha visto de sentido intuitivo desde o primeiro encontro, o seu destino, o amor dele era sexo, o amor dos homens, logo saciado e acabado, ele se tinha aproveitado do corpo dela, aí estava, tinha bem aproveitado, gozado bastante, agora queria se livrar do bagaço, ela era fruta chupada, desfrutada, ela que o tinha amado, sim, até apaixonadamente, como uma menina, sem correspondência, desamor dele, e agora virava em ódio aquele amor dela, ela tinha consciência, e o cultivava para poder deliciar-se na vingança. Ia esperar que ele repetisse, aquela idéia de voltar ao Brasil sozinho, jogando-a fora, ele ia repetir, com certeza. Esperava, na torcida para que ele repetisse.

E ele repetiu, uns dez dias depois, um prazo longo para a ânsia de espera dela, disse que tinha escrito para um amigo em São Paulo e tinha recebido resposta, precisava estar de volta no mês de janeiro, para fazer a matrícula. Era fim de outubro, dia 26 de outubro, inesquecível, um dia escuro e chuvoso, os dois encasacados em casa, não falou em levá-la, era como se comunicasse a separação, isto é, o abandono. Assim seco, completamente neutro, como se nunca tivesse havido nada entre eles. Pois bem, ele ia ver que não podia, que ela só tinha vitórias na sua história de mulher, mulher-rainha.

O ódio fez uma bolha enorme e densa de silêncio. Ela ouviu e não disse nada. Mas sabia onde estavam guardados os espetos de churrasco, ele gostava, ela fazia para ele, espetos grandes como espadas de aço. Nem pensou mais no prazer do chumbo derretido, tinha que ser ali naquela hora mesma, o ódio galgou veloz, e ela foi à despensa e apanhou um dos espetos, uma espada, e ainda foi para ele na sala com cara amiga, quase sorrindo, dizendo temos de fazer ainda uma vez um churrasco daqueles. E segurou firme o cabo antes de enterrar a lâmina no peito de Eduardo pela frente, sem nenhuma resistência, nem um gesto de esquiva ou proteção, o inesperado da morte instantânea atravessando o coração, sem ele talvez perceber bem o que se estava passando, estava pegando um copo para tomar um conhaque naquele dia frio, caiu ao chão como fardo pesado, nem botou muito sangue pela boca, o coração parou logo.

E então foi a vez dela: 12 anos de condenação. Ela conhecia bem o edifício majestoso e soturno do tempo dos jesuítas, ficava mesmo em San Telmo, o cárcere das mulheres, tantas vezes passara na calçada em frente olhando com a respiração contida em temor reverencial, ali era a casa da justiça, ou da vingança justiceira, as pessoas que faziam o mal ali estavam pagando penas, ali só mulheres, não iam para o horror de Ushuaia como Carlos, ficavam ali entre aquelas paredes grossas.

Agora era a vez dela, resignada, mas, satisfeita, sim, sua vida tinha vivido, agora não importava muito sair dali, queria mesmo a reclusão, nenhum arrependimento, Eduardo merecia o fim que tivera, merecia aliás mais sofrimento naquele fim, nunca deveria tê-la humilhado com aquela decisão de abandono, ela não era uma mulher que pudesse ser desconsiderada àquele ponto, ela, não era só pelo corpo ou pela beleza das linhas do rosto, era sobretudo pelo seu ser de mulher, sua essência feminina, toda, inigualada enquanto fora viva para o mundo, porque agora estava morta, ia passar ali seus dez anos, sem ficar contando, sem nenhum interesse em sair antes por bom comportamento, embora com certeza fosse ser bem comportada, porque não tinha nenhuma revolta, tinha resgatado a sua honra e a sua dignidade. Encontrara a paz. Quando saísse dali, se saísse, procuraria um convento, não queria mais voltar ao mundo, o mundo não a veria envelhecida, sem a beleza que era a sua pessoa, sua essência de mulher. Lembrava-se da mãe, cabisbaixa, aviltada pelo pai bruto. Ela, não, tinha jurado ao sair de casa e tinha cumprido, tinha sido uma mulher soberba, plenamente realizada, sobranceira. Quando fora ameaçada, soubera reagir dignamente, matara porque tinha de matar, devia, não havia outra coisa a fazer, tinha dito isso no julgamento claramente, matara por dever, o juiz pasmo, era aquilo mesmo, nenhuma atenuante, ela não queria, só a sua dignidade de mulher. Valenciana, se chamava, o juiz pronunciou o nome escandindo as sílabas, e a sentença. Valenciana. No cárcere. Como se fosse para sempre.

CANTO SEGUNDO

O Oeste

Foi para Mato Grosso com a roupa do corpo; mudava de mundo.

Não que tivesse resolvido de um repente, que nunca antes tivesse pensado naquilo. Ao contrário, muito havia pensado, como uma alternativa desejável àquela vida besta que levava em Porto Alegre, gerente da seção masculina de uma grande loja de roupas, emprego chato e bom, o dono da loja, seu Vicente, era velho amigo do pai, e ele era um cara direito, educado, confiável, não pensava em largar aquela situação de salário bom, comissão e tudo o mais. Mas era besta aquela vida, era bosta, não condizia com a largueza da alma que ele tinha, sonhos, que aliás tinha herdado do próprio pai, que havia levado uma vida besta e ao final, arrependido, tinha chorado, velho, diante do filho, dizendo que tinha perdido a vida por bom comportamento, e ele ali, o filho, compreendendo que ia pelo mesmo caminho até se arrepender, depois de velho, daquela vida besta, bosta, o emprego chato, a mulher sem graça, a filha de três anos, e um sobrinho, menino, que morava com eles, filho de uma irmã da mulher que estava na Argentina, na puta que pariu, um lugar gelado e pavoroso onde o marido estava preso porque havia matado um outro por causa de mulher. Aí estava, o concunhado, um cara que pelo menos tinha uma história grande, uma vida que dava pra contar em verso ou em tango, um drama, uma paixão pela qual tinha esfaqueado o rival, porra!

Pensava, sim, em Mato Grosso, porque sabia que era uma terra nova, aberta a aventuras, um mundo novo e largo, como aquele que os europeus procuravam na América antigamente, um horizonte de perder de vista, terra pra cachorro, gado de não se contar, gadaria da melhor, ele não entendia nada de gado mas tinha atração, obsessão mesmo, de ser estancieiro, ter terra e gado às pampas, horizontes de terra verdinha e de gado bom, hereford, aberdeen-angus, carnes macias, valiosas. E usufruir a placidez, os movimentos parados das vacas, a ressonância dos mugidos na enorme caixa craniana, a claridade extensa do horizonte, aquela música silenciosa do campo a perder de vista. Tudo. E, mais, ter mando; só tinha mando quem tinha terra e gado, mando mesmo, aquela coisa de falar só uma vez e ser temido. Só em Mato Grosso. No Rio Grande, as estâncias estavam todas feitas e tomadas, não havia mais espaço para gente nova. Só em Mato Grosso. Se bem que lá, pelo que se dizia, o gado era zebu, o que melhor se adaptava. Que fosse, zebu, nelore ou guzerá, o branquinho ou o cinza-escuro, em multidão no pasto. Ali se podia fazer uma vida, mudar de vida, não aquela besta que tinha, bosta, rame-rame, todo dia a mesma rua, a mesma loja, as mesmas pessoas, a mesma mulher, as mesmas conversas, as mesmas vendas, o mesmo trabalho, variação nenhuma, graça nenhuma, grandeza nenhuma. E ele tinha gana e coragem, vocação de grandeza, ousadia de homem macho para mudar de mundo. E tinha tino. Isso. E isso era importante — ele tinha tino, tinha ganhado uns bons contos de réis juntados fazendo negócio, vendendo couro para São Paulo e Rio. Ia ao Rio ver as modas para orientar o negócio da loja e tinha pegado uma representação para vender couro bruto, isso como negócio dele, por fora do trabalho para a loja, seu Vicente não sabia, nem precisava saber, era coisa particular, iniciativa dele. E aquilo tinha dado um dinheiro. Então deixava a casa para a mulher, boa casa, na Cristóvão Colombo, um pouco longe, sim, bem pra lá da Independência, mas uma boa casa. Ainda deixava ela bem de renda, porque tinha arranjado de ela ser supervisora de costureiras que trabalhavam para a loja. Então ia. Porque queria a vida, morder a maçã lustrosa da vida. Até podia um dia voltar. Até tinha meia intenção de voltar, não saía fugido. Só que quando voltasse, voltava mandando. Dono de terra e de gado. Em Mato Grosso era fácil. Bastava a pessoa ter garra e querer largar a coisa fácil e acomodada. E ter tino. Ele tinha. Ou podia nunca mais voltar, romper definitivamente com o passado, mudar de pessoa e até de nome; em Mato Grosso se podiam arranjar essas coisas, documentos novos, a mesma pessoa com um nome novo, livre.

Em Mato Grosso tudo era livre, o gado era livre, largos campos desocupados. Antes, ali não tinha gado nenhum. Nem lhama, que era o gado da América do Sul, nem búfalo, o da América do Norte, só campos e bichos da terra, capivaras, lotes de vinte, trinta, antas, também sempre juntas, três, quatro, queixadas, bandos enormes, catetos, jacarés, onças, muita onça-parda, tinha conversado muito sobre Mato Grosso, bichos americanos, aves aos milhares, brancas e coloridas, de grande beleza. Chegou o gado europeu, o indiano principalmente, e em pouco tempo dominou, tomou tudo, tão bem se deu ali. Ia, então.

Ia e foi, tinha arrojo, começava pequeno e crescia grande.

Na verdade havia outra razão, ou outras, não era só aquilo da saturação com a vida pequena e a vontade de ser grande, havia mas não era a principal, não valia a pena. Então, que tudo se fodesse, até a filha que era a graça da vida, oh, que pena, e a mulher, Dalva, também, mas precisava viver, respirar, aquela obsessão ia apertando a garganta e o coração, acabava matando-o. Precisava viver e ser grande, e mostrar a Beatriz o quanto era grande, não tinha atrativos de estatura, de olhar firme e brilhante, de cabelos poéticos, mas era grande de espírito, e ia alargar o seu mundo. E alargar o mundo era em Mato Grosso, tudo tinha sido muito bem pensado, estudado, se voltasse, voltava rico e poderoso, grande, pelo menos Beatriz ia olhar para ele com outro jeito, com admiração pelo menos, e isso era decisivo, não podia suportar a desatenção de Beatriz para com a pequenez dele.

Foi com a roupa do corpo. Modo de dizer, claro, levava um capital. Ia em busca do ouro no Oeste como os antigos bandeirantes, só que era o ouro semovente, o animal mais caro ao homem porque lhe dava tudo, como se dizia, dele só não se aproveitava o berro. Desde sempre: antes de fazer agricultura e viver em cidades, o homem foi pastor, criador de gado, cabra, carneiro, boi, depois cavalos, animais da vida nômade e livre, companheiros daquele homem que morava em tendas, hoje aqui, amanhã acolá.

Foi a Santos de vapor, de trem até Bauru, e lá pegou a Noroeste para Campo Grande, ferrovia nova e bela, atravessando campos verdes, vermelhos, roxos, largos e ondulados, todo o oeste de São Paulo fervendo de prosperidade. Ali também se fazia um pecúlio fácil, com garra e tino. Mas ali era mais agricultura, café e cana, e o que ele queria era gado, ouro semovente, e gado era em Mato Grosso, terra mais larga.

Ia bem, não era um fodido. Ou fudido? Importante questão para quem é caprichoso no falar. Não sabia direito, o dicionário não mencionava, e aquelas expressões populares deixavam a gente confusa; não havia precisão no falar do povo. E ele gostava de falar direito, no comércio era importante, e ele tinha aprendido, ajudava a vender, a convencer. No gado podia não ser tanto, mas ainda assim não custava falar direito, ele sabia e gostava de dizer bem as palavras, escandindo na pronúncia, dava uma impressão de cultura, e usá-las corretamente também, na gramática, desde garoto gostava de língua portuguesa, ensaiava poemas, era um patrimônio, valia em qualquer situação. Por exemplo, dizia-se que Mato Grosso era terra de bugre, onde ninguém falava direito. Pois bem, aí mesmo é que quem fala direito sobressai mais, começa logo respeitado, chamado de doutor.

Não se despediu, se não queria sair fugido, fugiu de fato, por isso não levou bagagem, foi com a roupa do corpo, saiu da loja com uma muda de camisa e de cueca, escova de dentes e pente, tudo numa sacola, e em vez de ir para casa foi para o porto e tomou o vapor que ele sabia estava lá e saía logo depois, deixou uma carta sem falar no destino. Prometia voltar, não tinha índole para despedidas.

Chegou de manhã em Santos e logo tomou o trem para São Paulo, queria ver a cidade, ficava lá uma noite ou duas, começava a viver. A primeira coisa que fez foi procurar uma casa de mulheres, coisa que nunca poderia fazer em Porto Alegre, coisa muito importante na vida de um homem, especialmente um homem que amava as mulheres como ele. Vida nova, vida livre, dele mesmo, mulheres bonitas, filhas de italianos, imagine se podia ir a um rendez-vous em Porto Alegre. Foi duas noites em São Paulo, em casas diferentes. Louvada vida, vontade de ficar mais naquela cidade enorme, porém tinha destino decidido, no terceiro dia foi para Bauru.

Campo Grande era uma cidade nova, toda plana e larga, cortada em quadrados, quente pra chuchu, ia ficar por ali um pouco, assuntar, Cuiabá era muito longe para ir assim de uma vez, Corumbá já era muito Paraguai, terra de índio, talvez ficasse por ali em definitivo, parecia que tinha mais gado, tinha muito arroz também, tinha visto do trem, tal e qual o Rio Grande, gado e arroz, mas o gado era mesmo zebu, gado bom também, resistente, gaúcho é que era besta e dizia que não era boi.

Na estação, procurou um chofer de táxi de cara amiga, era gente que conhecia bem as cidades. Já foi conversando e sabendo de coisas, onde tinha charqueada, onde tinha matadouro, ia começar comprando e vendendo couro, negócio que conhecia, jeito de entrar depois no negócio de boi. O chofer mostrou o centro, a Avenida Afonso Pena, a prefeitura, o correio, e indicou uma pensão boa e mais ou menos central. Disse também onde era a zona, não foi até lá mas mostrou a direção, tinha boas meninas, morenas, novas de carnes, sem doença.

O emigrante, o que sai da sua terra para buscar uma vida criadora em lugar estranho, é um espírito intrépido, um cara diferente, inda mais quando não está padecendo de fome nem morrendo de seca, como era o caso de Conrado. O emigrante, diz-se que tem libido forte. Por isso corre o risco de ser rejeitado e expelido dos lugares aonde chega, corre risco porque entra competitivo, pode até morrer num compasso ligeiro, mas, se não: cresce e enraíza, cresce e irradia. Conrado era hábil e conseguiu. Não chegou a ter o mando de estancieiro, não teve grande posse de gado como sonhava, chegou a comprar uma pequena fazenda nas proximidades da cidade, mas só para os fins de semana, para escutar mugidos no curral de manhã cedo, ver garças, tucanos e araras em vôo aberto, e tomar um leite grosso e quente do corpo da vaca, cedinho, às cinco da manhã. Em matéria rural foi só isso, mas na vida urbana ficou rico, casou de novo, teve filhos e nunca mais voltou a Porto Alegre, foi cidadão de Campo Grande até o fim, com outro nome, Conrado Rosales, nome assim espanholado, em vez de Conrado Rubim, foi cidadão de certa importância, procurado por senadores e candidatos a governador: comprou uma estação de rádio.

Conrado realmente tinha o dom da fala fácil, até em outras línguas; nunca tinha aprendido senão o francês ralo como o inglês de colégio, mas era capaz de falar na sonoridade como o italiano da serra e como o alemão de Nova Hamburgo, e tinha um timbre claro na voz que as pessoas gostavam de ouvir e até os surdos compreendiam. Foi a voz, mais que a figura, que atraiu a moça, a voz e a palavra, a figura era mofina. E também, claro, seu prestígio, a riqueza que granjeou.

A esposa nova era bonita e jovem, custou a ceder porque queria casamento de grinalda na igreja, e ele não podia, tinha medo de sacrilejar e ser punido lá de cima, acabou confessando, embora de história inventada, disse que tinha tido uma primeira mulher em Nova Hamburgo, sem descendentes, uma alemã que havia perdido um filho prematuro e tinha enlouquecido, e ele tivera que largá-la num bom hospício em Porto Alegre, onde estava bem cuidada, mas a igreja não aceitava essa situação de fato, ele tinha tentado anular o casamento mas vira logo que era impossível.

A nova era de família importante da terra, e os pais também resistiram no início, aquilo era complicado, mas Conrado era um homem muito bem educado e convenceu também pela palavra, expressava-se muito bem, tinha aprendido a falar como gente culta, usava óculos e havia lido livros, se é importante repetir isso, porque foi a razão de se ter dado bem no rádio, onde nunca antes tinha tido qualquer experiência, mas justamente ali em Campo Grande, na busca de um meio de ganho e de inserção social mais forte, compreendeu a importância do rádio, avaliou bem a perspectiva de crescimento daquele meio de comunicação em futuro próximo, olha o tino, começou comprando couro, coisa que sabia, mas também entrou no rádio, inicialmente como locutor, de fala clara, depois produtor, diretor, e acabou comprando uma estação pequena e depois a maior e melhor da cidade, tudo em coisa de oito anos, ganhando o prestígio procurado e o patrimônio reconhecido.

Casou-se então, a família aceitou, teve três filhos, e nunca mais pensou na sua gente antiga, de Porto Alegre, teve um herdeiro, o Júnior, e duas meninas graciosas, vida familiar bastante estável, saudável e respeitada, mas sempre gostando de mulheres, que era um gosto dele muito forte e muito antigo, fatalmente tinha de se impor, principalmente ali naquela terra onde as leis eram mais brandas e a putaria mais livre. Era o Oeste, o Longeoeste.

Não dispensava as putas; pelo menos duas vezes por semana visitava alternadamente as duas cafetinas que atendiam a clientela rica da cidade. E elas conheciam o gosto e o cacife dele, sempre tinham novidades, meninas recém-saídas da roça, no verdor e ainda no pudor, como ele gostava, arrumadas em sandálias de salto, perfumadas, apuradas em vestidos vaporosos pelas profissionais competentes. Era uma vida, um mundo novo que tinha conquistado. Podia ter tentado outra, mesmo desistindo de ser um grande fazendeiro, podia ter tentado ser advogado, ou ser um grande médico, por exemplo, mas tinha de ter estudado em São Paulo, ou ser artista, gostava de pintar, e até pintava quadros por lazer, tinha jeito, mas nem pensava em estudar e ganhar fama ali no meio daquela gente grossa, podia ter entrado na política, isso sim, a política, onde se sobe mesmo sem grandes estudos, com certeza até teria sido eleito, mas não quis, evitava confrontos e complicações de qualquer espécie, competição com a gente da terra, tinha o bastante e era feliz, com simplicidade e conforto. Tinha conquistado ele mesmo, sem favor de ninguém. Com dignidade, isso é que era o mais importante.

 Foi vivendo e envelhecendo devagar, porque era igual a todos, talvez diferente fosse só aquele gosto maior por mulheres, que também foi ficando diferente, mais esquisito, de repente até dando vontade de comer um menino, passou dias e semanas pensando, com vergonha de falar com a cafetina, ela que não tinha vergonha nenhuma, compreendia tudo, era vivida e arranjava qualquer coisa que ele quisesse. Até que falou. E ela arranjou. Um caboclinho jeitoso de dez anos, deixou tudo direitinho, o pai ganhou uma nota, a cafetina também, e aquilo inaugurou uma nova fase de benevolências sensitivas para ele. Tempo em que também se desdobrou em requintamentos, quis um menino branquinho, e ela arranjou também, foi mais difícil, custou bem mais caro, mas não falhou. Até que aquilo esmaeceu e acabou, enjoou. Como veio, foi. A própria vida foi ficando rala, como se tudo fosse quase um nada, um tudo já vivido que acabava sendo um nada. Conhecia o poeta Manoel de Barros, patrimônio cultural da terra, raridade, tinha feito uma série de entrevistas com ele na rádio, ele dissera que ainda ia escrever um livro sobre nada, depois de poetizar todas as desutilidades só tinha restado o nada. Interessante. Poeta, ele, Conrado, realmente não era, tinha sensibilidade e bem que havia tentado, mas nunca tinha saído nada, sua veia artística estava na pintura, nas formas, nas cores.

Viagens, sim, era o que podia fazer então para sair daquele nada, que era tudo o que fazia havia quase vinte anos. Então procurou o amigo que tinha uma agência de viagens e programou uma volta ao mundo com a mulher.

A vida de um homem bem-sucedido de padrão médio, nos seus 49 anos, numa cidade média e distante como aquela, era uma sucessão de interesses, quase sempre pequenos, os de todo dia, às vezes um pouco mais encorpados, que apareciam, iam sendo preenchidos e ficando para trás como metas ultrapassadas. Virava bosta. A casa, a boa casa, com a mulher e os filhos, os amigos convidados para a boa comida e a boa bebida, o uísque tal, de qualidade, House of Lords, a mostra da casa com o seu equipamento, televisão com tela de cinema, até projetor, o melhor som, até o inusitado da coleção de moedas antigas que ia coletando na própria terra, peças até do tempo do Império, e o serviço da casa, completo, perfeito, a conversa boa no padrão da terra e da gente igual a ele, gado, política, futebol, coisas fora da casa, fazendas e negócios; bem, ele tinha a fazendinha e o gadinho, era coisa pequena mas era coisa de esnobar pela qualidade, e enfim, o principal, reconhecido sem precisar mencionar, a fortuna e o prestígio, ele tinha a maior estação de rádio da cidade. E o que mais? O carro, sim, claro, o prazer de ter e de dirigir um automóvel ali onde pouca gente tinha, um Crysler 53 azul-marinho com metais brilhantes, um complemento indispensável da casa no prestígio. E o que mais? Só a vida secreta, as mulheres, as putas e as empregadinhas, secreta relativamente, porque bem conversada entre os amigos quando estavam longe das esposas, e meio que espalhada entre os homens importantes da cidade. Ganhara até uma denominação antonomástica: Conrado, o putaneiro; tinha um certo orgulho alegre dela. Havia, claro, uma parte de todo secreta, sim, aquela história dos meninos, e, ainda, o tesão que tinha por algumas mulheres impossíveis, mulheres de fazendeiros, bonitas, educadas, charmosas, uma até bem freqüentadora da casa, mulher de um dos amigos chegados, vontade que tinha, olhares dela que confirmavam, confirmavam o quê? Bem, pelo menos que sabia e gostava de saber que era desejada. Bem, mas o que mais? Uma a uma, as coisas pretendidas e alcançadas, perto dos 50 anos, embostavam. O que mais? Poder, até que tinha, governador nem prefeito nenhum negava um pedido dele. Ser deputado francamente não queria, tinha discutido muito aquilo consigo mesmo, disputas e brigas com adversários, logo inimigos, não queria. O que mais? Só viagens. Ia muito a São Paulo, a Campos do Jordão, ia também ao Rio, o máximo de beleza e lazer, e a Salvador, Recife, o que desse de mais falado para as férias, podia sempre ter férias. Só não ia ao Rio Grande. Então? Já tinha ido a Nova York e a Paris. Então, só uma volta ao mundo.

Antigamente, nos anos 1930 e até os 1940, era de navio que se dava a volta ao mundo, chique paca, mas agora, nos 1950, só de avião, tudo marcadinho, dias e horas, reservas feitas em hotéis de categoria, passeios locais e tudo o mais. Foi o que fez; quando voltasse teria conversa para muitos dias, contando as coisas, mostrando slides, discos.

O mundo são as circunstâncias em volta da vida da gente. Não são as coisas, fatos e fenômenos que ocorrem no planeta; o mundo da gente não é o planeta Terra; este a gente vê no cinema e na televisão, sabe pelos jornais, mas não é o mundo dela. Diz-se do ser humano que é ser-no-mundo porque o mundo é parte intrínseca do seu ser: são as relações pessoais, as pessoas com quem fala e convive, as coisas que faz, a sua ocupação, o seu trabalho, os seus projetos. O mundo é maior ou menor conforme a largueza dessas circunstâncias. O mundo de um empresário exportador é ampliado nos limites físicos do seu negócio, compreendendo as pessoas com quem convive nesse negócio. O mundo de um radialista de Campo Grande não passa daquele mesmo que está ali ao redor no seu cotidiano. Daí pensar numa volta ao mundo, como sucedâneo de uma ampliação. Sucedâneo, porque não era na verdade ampliação nenhuma, era como se fosse um cinema ao vivo, mas um cinema, um filme como ele via na sua cidade.

Fazer turismo é um prazer pessoal, evidente, ver coisas novas e bonitas, físicas e humanas, sensações, deleite e repouso de relaxamento.

O mais importante para a maioria, porém, é o que se traz na volta ao seu mundo verdadeiro: os objetos comprados, as coisas vistas e relatadas repetidamente. O mais importante para essas pessoas não é o que se vive na "volta ao mundo", mas o que se vive imediatamente depois dela, contando e mostrando ao seu mundo no retorno, fotografias, slides, por isso a ânsia de tirar fotos, rolos e rolos, slide era melhor, mais bonito, colorido, dava um verdadeiro cinema em casa para os amigos, a mostra da viagem, com fundo musical próprio, Conrado tinha o melhor equipamento de projeção e de som. Esta, sim, era a verdadeira volta ao mundo.

Conrado sabia muito bem disso, aquelas eram palavras dele para ele mesmo, tinha pensado muito, era um homem de pensamento. Ele não queria mais mudar de mundo. Tinha feito isso uma vez, na mocidade, deixando Porto Alegre, e se tinha dado muito bem, nenhum arrependimento, não sabia nem queria saber notícia nenhuma do mundo antigo. Agora, não mais; faltava libido. Podia ter se mudado para Brasília, como deputado, nova vida, novo mundo, maior e mais importante, e entretanto tinha recusado. Sabia perfeitamente que a volta ao mundo não era uma mudança, nem sequer um alargamento de mundo, era uma distração que renderia satisfações e mais prestígio no retorno.

Uma vida boa a dele, sim, refletia e constatava, muito boa até, no padrão existencial que era o melhor ali de Campo Grande.

Era um cara que pensava sempre na vida, tinha de dizer coisas no rádio, folheava filosofia e gostava dessa coisa do existencialismo, tinha um programa semanal na rádio no qual ele mesmo freqüentemente falava sobre Sartre, sabia um bocadinho. Isso em Campo Grande, trabalho dele, exponenciar cultura naquela gente que só pensava em boi. Refletia e não achava motivo para grandes mudanças. Política? Oh, Deus, outra vez a mesma pergunta, era até chato: é que a política era sempre uma atração, as pessoas pensam que vida de político é a melhor que há. Mas ele tinha dito não ao próprio governador. Cientista, intelectual, escritor, poeta, não era, nem ia ser, porque estava velho, não tinha estudo nem tinha gosto além daquelas leituras sobre existencialismo. Ademais, ali não dava. O máximo eram os quadros que pintava, autodidata, chegou a fazer duas exposições, até vendeu alguns para amigos. E o que dava mais ali? Nada além da vida dele, que estava bem vivida e não ia mudar aos 50 anos.

Santo? Ora, bosta.

Partiu então com a mulher e com o coração leve. Não tinha medo de avião, e de preocupação só carregava a inconformidade com o jeito de ser, não queria dizer o caráter, mas o jeito de ser do Júnior, com 15 anos, quase 16, crescido como um rapaz bonito e bem-educado, estatura média, bem vestido, talvez até demais, corpo bem-feito apesar de não gostar de esporte nenhum. Aí estava, Júnior não gostava de nada, este o peso que ultimamente levava na alma o tempo todo, até na viagem pelo mundo, o herdeiro passava os dias no nada, isto é, na punheta e no tédio, mais nada, nem música, sim, música um pouquinho, escutava discos com os amigos, levava-os para escutarem o melhor som da cidade, que era o dele, e ele gostava bem disso. No colégio, só passava de ano, sempre raspando, porque os padres mostravam condescendência pela figura do pai. Nenhuma matéria o interessava, péssimo em matemática, melhorzinho em inglês mas muito ruim de português também, logo o português, a língua falada, apesar de todas as insistências do pai com o seu próprio exemplo. E o carro, ah!, a mania de dirigir o carro, os confrontos crescentes que ocorriam, de jeito nenhum antes dos 18 anos, a idade legal, não importava que outros meninos da idade dele dirigissem os carros dos pais, um até tinha carro dado pelo pai. Não. Rigor. Não podia. Levava aquilo na viagem: preocupação com coisas, surpresas que o Júnior podia aprontar enquanto ele vagasse pelo mundo.

Levou mais de dois meses, nove semanas, parou bem no Ocidente, Londres, Amsterdã, Paris e Frankfurt; depois rumou sempre para o Oriente, foi ao Egito, a Atenas e a Jerusalém; depois à Índia, à Tailândia e ao Japão; finalmente, Los Angeles, Califórnia e México. Maravilha. Voltaram alegres e cheios de saúde, contando tudo. Não tudo para todos, alguns detalhes importantes só para os homens, alguns amigos: as putas.

Era como se fosse uma ordem de Deus, um mandamento, tinha que conhecer as mulheres de cada cidade, havia levado boas indicações, sabia como perguntar por essas coisas discretamente nos bons hotéis, e tinha sempre o álibi de visitar estações de rádio, profissionalmente, visitas que não interessavam à mulher e tomavam quase um dia inteiro, ia sozinho enquanto ela fazia compras. De tudo, de tudo, ficara mais impressionado com as inglesas e as japonesas, coisa até de afeição, espécie de amor que tinha sentido logo nos primeiros dias de viagem, em Londres, com as putas inglesas, com uma delas fez questão de repetir a sessão, inventando uma segunda visita à BBC, e teria ido mais vezes com ela para a cama se pudesse. Eram putas muito brancas e magras, contrastando fortemente com as brasileiras, especialmente com as mato-grossenses de que ele estava enfastiado, eram magras, brancas, mas putas muito ardentes e carinhosas, para espanto dele, que ouvia dizer da frieza das inglesas. Que o quê! E ademais muito bonitas, louras de traços finos, raça branca pura, oh, vontade de ficar em Londres pelo menos uns três meses, umas três putas por semana pra não cansar.

E as japonesas: caramba, que profissionalismo! Que sabedoria no agradar aos homens, que especialização. A coisa era séria e refinada no Japão, mulher era feita para aquilo mesmo, e tinha de aprender a agradar, a fazer o homem gozar, desde a voz até os movimentos dos pés, fora os tratos da pele, das mãos, dos cílios, a mulher como que cursava uma universidade, havia universidade para putas no Japão! Coisa louca, sô!

Os amigos suspensos naqueles relatos.

Porque era assim a realidade, a natureza, o sexo era um mandamento de Deus para os homens e tinha de ser compreendido assim, até como coisa sagrada, crescei e multiplicai, juntamente com a compreensão de que a civilização punha freios para evitar o abuso da concupiscência, o descontrole e o desmoronamento da sociedade, para garantir a formação das famílias, células da sociedade. Mas os homens, que biologicamente deviam esparzir esperma como os touros e os galos, tinham de ter aquelas válvulas de escape para não enlouquecer. Para isso havia as putas, a profissão mais antiga do mundo, digna, extremamente benéfica, parece que só os japoneses reconheciam isso. E a Babilônia na antiguidade. A Babilônia!... Quanta coisa se disse contra a Babilônia, padres, rabinos, sacerdotes de outras religiões, inveja da grandeza daquela que foi a mais bela cidade, a mais adiantada e humanística e civilizada do seu tempo, todas as mulheres deviam ali se prostituir, pelo menos uma vez na vida, prestando esse serviço essencial à estabilidade, à maturidade, ao progresso, à grandeza daquela brilhante civilização.

Os jardins suspensos e as putas da Babilônia! Como gostaria de ter conhecido, dizia assim e observava o enlevo dos amigos.

Bem, Conrado Rosales voltou à rotina da vida matogrossense, o seu mundo, depois daquele interregno de ilustração inesquecível. E no seu mundo ingressou uma personagem nova, mulher, Carmen, Carminha, que veio trabalhar na emissora por recomendação, pedido de um amigo que era do clã dos fazendeiros mais importantes da terra. Ela beirava os 23 ou 24 anos e vinha de uma família de lavradores, campeiros que toda a vida tinham trabalhado nas fazendas daquele clã importante, os Castanheiras.

"Está aí uma moça lá dos Castanheiras", tinha sido anunciada assim. Manda entrar, já sabia. Mas não sabia nada. Quando ela entrou, Conrado parou, fez esforço para conseguir dizer boatarde, por favor, sente-se, e parou no olhar, Carminha enrubesceu de arrependimento, de constrangimento, também não disse nada, nenhum dos dois disse nada por quase uns dois minutos inteiros, a moça era uma estrela que havia entrado por ali, uma fada, uma graça, uma deusa, uma vênus, uma beleza indizível, uma ligeira saliência de ventre, gravidez de poucos meses, isso até ele já sabia, e conhecia, aumentava a graça, aquilo tinha malícia, sacanagem que não podia ser do velho Gustavo, sujeito muito sério, devia ser de um dos filhos, o Boanerges com certeza, que vivia de gozação com ele, Conrado, por causa de mulher, Boanerges com certeza tinha mandado aquela lindeza de perfeição. Pois bem, era um cara educado, tratava bem as pessoas, com aquela não seria diferente; passado o tempo de embasbacamento, uns minutos, foi perguntando, o que sabia fazer, sabia ler, sabia escrever, fazer contas, muito bem, sabia falar no microfone, bem, um sorriso, não sabia, sorriso leve, o primeiro, um encanto indescritível, nunca tinha falado, achava que não ia sair-se muito bem, tinha trabalhado antes em quê, essas perguntas formais, estava empregada, era simplesmente adorável, a mulher mais bonita de toda aquela cidade, longe de qualquer outra, teria dele o que quisesse, claro que não disse assim logo, mas ia ter, Conrado sabia que ela ia ter dele o que quisesse, e ele também ia ter dela, oh, um estremecimento.

Entretanto.

Era uma estirpe, a de Carminha, tinha história. O avô dela, no princípio dos 1900, já puxava boi dos Castanheiras, era boiadeiro seco e forte, tocava berrante e sabia cozinhar, cuidava de gado, um tudo, inda comandava partes de derrubadas, áreas grandes, mil alqueires, muita gente empreitada, duzentos, trezentos, paraguaios, bolivianos, caboclos, mas também sabia ler e escrever, aí é que estava, e até fazer contas, tinha aprendido mesmo na escola da fazenda, coisa rara naquele fim de mundo e fim de século anterior, coisa muito sábia daquela gente Castanheira, escola em casa de sapê, professor que vinha de Campo Grande, vinha e dava ensino três vezes por semana, não ficava permanente.

Esse avô de Carminha, seu Tião, fora figura carismática no meio boiadeiro, tivera nove filhos com a mesma mulher, e teria mais outro tanto fora. Namorara só de olhar um pro outro, e casara com 19 anos, ela com 14, casamento no juiz de paz, festa grande de violão e sanfona a noite toda. Só no dia seguinte os noivos foram a cavalo para a casinha nova deles, e só então dormiram juntos, e começou a nascer a prole. A casinha nova era numa outra fazenda dos Castanheiras lá para os lados de Aquidauana, administrada por um dos filhos do chefe, jovem, mas que nunca puxou gracejo com a moça que chegava recém-casada, embora gostasse de serenata, de violão e de cachaça, coisas que os Castanheiras não admitiam em empregado nenhum, que tomasse pinga de costume, que corresse carreira ou tocasse violão, mas patrão, claro, era diferente, podia e tomava, quando então brincava com todo mundo, com as meninas também, mas não as casadas, ele não perdia a sabença das coisas. Entretanto, entretanto mesmo.

Esse mesmo rapaz Castanheira, 18 anos depois, com quarenta anos, já casado com moça de gente branca da terra, veio a se engraçar por uma das filhas daquele casal que tinha vindo novo para a fazenda. Era a segunda do matrimônio, moça bonita de clarear a vista que era o encanto do pai, seu Tião, então mais que boiadeiro, já meio capataz, respeitado tanto quanto querido nos meios de empregados e patrões, pelo seu jeito centrado de resolver problemas de trato com pessoas, seu jeito de ser sabido e acatado.

Foram dias longos de poucas palavras e muita tensão, o dono da terra queria porque queria a moça do boiadeiro, chamava ela nas idas e vindas pela casa, e ela tinha de ir, estourando de medo dele, da mulher dele, senhora dona que olhava tudo, e do pai tinhoso e enfurecido. Semanas de não se agüentar, até que seu Tião largou tudo, foi a Campo Grande e falou com o velho Castanheira, o chefe do clã, contou tudo e disse que queria sair e procurar outro patrão.

Escândalo, não. O velho chamou os outros filhos e decidiram, seu Tião devia ser prestigiado, era figura respeitável, tinha vida de trabalho na família e de conceito em toda a região. O nome Castanheira, que era de retidão e justiça, tinha de ser mantido. Então, a solução: seu Tião foi nomeado capataz da fazenda que estavam acabando de comprar, fazendão lindo, a maior das terras deles, com invernadas de dois, três mil bois, tudo gado manso, era em Porto Murtinho, bem mais longe, nas beiras do Paraguai, perto do Pantanal, terra que tinha morros, que Campo Grande não tinha, e gente que falava meio paraguaio, ou boliviano, dava no mesmo. Ia e levava toda a família, a moça, claro.

Só que, bem, só depois se verificou isso, só que a moça já estava engravidada. Escondeu, escondeu, contou pra mãe, tomou beberagens pra pôr pra fora, a mãe calada ajudando, mas nada, a barriga crescia e foi ficando de mostra a prenhez. O pai acabou perguntando e tendo a verdade, seu Tião, três meses depois, sentindo-se enganado e insultado pelos Castanheiras, humilhado ao vexame insuportável para um homem da envergadura dele. Esposa e filha fizeram tudo de tudo para segurar, para acalmar, para pensar no netinho que ia ser deles. Não teve jeito, honra era a vida do homem; e chefe de família desonrada não podia abaixar-se resignado. Arrumou as coisas e saiu em direção a Aquidauana; ia vingar. Desgraçava-se mas não perdia a honra. Matava o safado e se mandava pro Paraguai, fugido, depois via como mandar buscar a família, pelo menos a mulher e a filha com o netinho. Era a cabeça rodando 24 horas, sem poder dormir, a respiração bufante, os músculos tesos, aquele homem seco e forte que ainda era.

Mas não chegou. Os Castanheiras eram muito potentes, ligados, informados, protegidos, tiveram ciência e lamentaram muito, mas, antes de entrar na fazenda, seu Tião foi achado, cercado e fuzilado, era legítima defesa, não havia escolha, era o destino, o fado, o mundo real.

Entretanto, a família de seu Tião continuou protegida pelo clã maior e conformada com aquilo que era mesmo a fatalidade e tinha que ser do jeito que foi. Ficou em Porto Murtinho, a prole toda, e o netinho, quando nasceu, era uma menininha, que depois veio a ser uma bela moça de olhos verdes iluminados como os da mãe. Chamou-se Carmem. A mãe ficou lá para sempre e não teve mais homem, mesmo bonita que era. Costurava bem roupa de fazenda, calça bombacha, camisa, essas coisas, quase não aparecia, ficava em casa cuidando da mãe, que foi morrendo aos poucos de desgosto daquela viuvez brutal, e cuidando da filha, que crescia em flor e ela sabia. Ela sabia.

E Carmem, Carminha, teve também a sua história, seu fado, aquela coisa do tem que ser, a mãe sabia. Moça bonita, e bastante delicada, oh, naquela terra ainda bruta, era forçoso o fado, muitos pretendentes, maiores e menores, no assédio mais aberto ou mais discreto, desde mocinha, 15 anos, tão formosa já. Entre eles, o Beto, moço que até não era muito alegre nem namorista como os outros, mas era firme na montaria e no laço, era esbelto e ágil, era belo no trabalho de correr os campos juntando bois, tão moço já comandava comitiva de bois levando mil, mil e duzentas cabeças de uma fazenda a outra, por dezenas e centenas de quilômetros, e ainda era bem reconhecido de coragem, aos 25 anos já tinha matado seis onças, sendo uma pintada. Tinha de ser o ganhador da moça. Casaram de festa na fazenda.

E foi então que entrou novamente Castanheira na história, tinha que ser, não podia deixar, era família muito grande e espalhada pelas terras, família de lastro e altanaria, fundadores, o esforço permanente de ganhar e manter, sem afrouxamento, homem a homem, cuidado, para não perder nobreza e pose, era a lei. Lauro, era a vez dele, tinha estudado em Viçosa, era moço vigoroso e cheio de idéias, foi administrar os campos de Porto

Murtinho, foi casado com noiva mineira, mas quando passou e viu aquela moça, sentiu tremer o plexo. Era o fado. Era mulher do Beto, ele sabia, conhecia o Beto muito bem e respeitava, mas era o fado, ordenação vinda de cima. A esposa mineira não demorou nada a perceber, como as mulheres sempre captam essas fervências masculinas. Inventou, inventou, até conseguir o desentendimento com aquela moça que entrava dentro da casa e servia; briga provocada por um nada, por coisa de horário de servir o café-da-manhã. Qualquer caso que fosse, tinha de. Então Carminha não podia mais aparecer, devia sumir da vista do patrão. Mas é que a vista do patrão a queria e ia atrás. Então o caso foi outra vez ao grande chefe e seu conselho, a esposa levou o assunto em segredo do Lauro. A família tinha histórias, já se sabe, a família em perpétua luta contra os desvios de enfraquejamento de membros iniciantes, a família lembrava bem do caso com a mãe de Carminha, e decidiu que Beto devia vir com a mulher para a Vista Alegre, a fazenda matriz, em Campo Grande; o caso tinha gravidade, pela beleza da moça e pela voracidade do moço Lauro decidido, o caso carecia de estar sob controle mais próximo do centro de chefia.

Entretanto, o demônio existe. Lauro passou a criar mais motivos para ir de Porto Murtinho a Campo Grande com freqüência, pilotava o avião pra buscar vacinas, sêmen, remédios, carro novo, análise de solo, de água, mês sim, mês também estava vendo Carminha e desejando. Ela estava de barriga e mesmo assim ele a olhava. Então, tudo se sabe, seu Gustavo fez o pedido para Conrado empregar a moça na rádio, na cidade, trinta quilômetros da Vista Alegre. Beto não gostou nada mas entendeu e aceitou, não era marido que não soubesse ou que fechasse os olhos por temor de patrão, mas daquele jeito dava de aceitar, ela ia e vinha todo dia, e ele tinha ela de noite, era sua mulher, só dele.

Lauro então passou a visitar a rádio, só para conservar aquele desejo, era amigo de Conrado, mais ou menos amigo, mas começou a se interessar por rádio e ficar mais amigo, era Carminha, tinha de ser dele, pensava e tinha sonhos fortes, de ejaculação, sufocantes, íncubos, com certeza, e ia concluindo que, se Carminha enviuvasse, ficasse só, ia precisar de proteção, de ajuda para criar o filho e se manter direitinha, e nesse caso até a família ia compreender e não desaprovar de todo que ele fosse o protetor, coisa da realidade que se impunha e já não seria caso tão de escândalo porque haveria legitimação de humanitarismo. Só que tinha de ser morte natural, isso era tudo, tinha de ser o destino a favor dele, morte absolutamente natural, insofismavelmente natural, não podia nunca fazer o que todo mundo fazia, contratar um paraguaio ou boliviano que fazia a coisa e voltava pro outro lado do rio. Tinha de ser morte natural.

Foram dias de pensamento febril, difícil, sobre o modo de forjar a natureza, era impossível fazer a coisa ele mesmo, tinha de ter um cúmplice, homem completamente seguro de segredo, homem a qualquer prova, e mesmo assim tinha de morrer logo depois, de repente, aí podia ser de tiro, ninguém tinha de que desconfiar, para nunca haver risco de ele contar nada no futuro. Bolada, tinha de oferecer muito dinheiro, muito mesmo, e o Aguinaldo faria o serviço, foi vendo que tinha de ser o Aguinaldo, tipo esperto e corajoso que sabia fazer, que gostava de viver, de mulher, de pinga, de dança, quem gosta de viver precisa de dinheiro, Aguinaldo vivia contido e tinha ambição, faria a coisa se a compensação fosse boa, não podia regatear, fazia o serviço e se mandava pra São Paulo, e no caminho desaparecia, aí, sim, podia ser um paraguaio. Era o demônio. Todo homem tesudo tem o tinhoso no baixo-ventre.

Do outro lado do plano havia o velho Nimbua, muita gente sabia dele, mas era pouca gente, só de ouvir falar, ninguém conhecia direito, Lauro foi até lá, tirou um tempo e foi, uma oca escura emboscada na beira dum córrego, era um índio velho e feio com pele de couro, figura repelente, mas tinha fórmulas. Lauro falou, falou, o índio não disse nada, nem olhou. Só no final de tudo falou, só mordida de cobra coral bem no pescoço, coisa natural, tinha espécime recolhida mas esperta para o bote, foi lá no fundo, pegou e mostrou a cestinha com a coisa se mexendo lá dentro.

O plano era difícil, mil manobras, Lauro quase desistiu, chegou mesmo a desistir acabrunhado, ora pra lá, mas via a moça na cabeça e aquilo vinha como furacão de força maior. Levou a cestinha e as instruções, pagou ao índio velho com dinheiro e coisas de necessidade, canivete bom, sementes, rolo de fumo, querosene, fósforo, coisa muita. E foi e contratou Aguinaldo, aí é que foi muito mais difícil, foi falando e o outro refugindo, que não, que não podia, mantinha o segredo mas não podia, que era amigo, companheiro de rodeio do Beto, praças, um e outro, como de mãos dadas, desde meninos, sempre juntos, capinando, roçando, moendo cana, debulhando milho, até fazendo medição, coisas de trabalho a pé que o peão faz antes de virar campeiro, desde sempre companheiros, o Beto querendo sempre ser melhor, é verdade, vaidade de homem, aquilo incomodava, é verdade, mas não era nada, fora aquela mania de melhor, era um camarada bom e amigo, eram mesmo amigos, Lauro sabia muito bem, e por isso, justamente por isso, era só ele quem podia fazer aquilo, só ele, o preço era o de única pessoa, soma alta, por isso, era a única pessoa, e foi e foi, tentando, oferecendo, garantindo, mais e mais, e Aguinaldo também era louco pela Carminha, como todo mundo, e o homem é o bicho que ama a mulher, quem sabe, com aquele dinheiro todo, depois do caso passado, depois até de seu Lauro cansar da Carminha, quem sabe não podia ficar com ela em outra cidade, tudo isso vinha e voltava na conversa, na cabeça dele, enquanto o outro aumentava o oferecimento. Aumentou e aumentou bem, decisivo. De fato, Beto era muito bom, mas Carminha era demais para ele, não tinha tanto mérito assim, Carminha era pra ser artista de cinema, correr o mundo casada com gente do tope de Castanheira pra cima, bem pra cima. Mas não, não era isso, não era o caso, o caso era que não podia, ele, Aguinaldo, tão companheiro, não podia, não ia conseguir, o caráter, bem, Lauro não cansava porque não podia, tinha de, e continuou, Aguinaldo ia conseguir, porque o mundo ia mudar, ele desaparecia dali e aparecia em outro mundo, maior, muito maior, São Paulo, outra gente naquela mudança de mundo, o esquecimento de tudo de antes, do mundo antigo, a vida forra em São Paulo, cidade grandona, cheio da grana, aumentou ainda mais a oferta, tinha de ser, ou mesmo que não fosse São Paulo capital, que fosse Ribeirão, ou outra cidade em outro estado, Paraná, podia pensar e escolher, podia até experimentar aqui e ali, lugares que fosse conhecendo, podia andar aquilo tudo, com dinheiro, era vida. E de lá mesmo, sem precisar voltar, podia mandar buscar a Carminha, Lauro sabia que ele também queria, pois ia ter, ele, Lauro, só queria ela uns meses, até satisfazer, depois mandava ela pra ele, Aguinaldo, mandava, podia estar certo, era palavra, a moça, sem marido, ia ficar todinha na mão dele.

    Foi, foi, Lauro não desistiu, e Aguinaldo viu a vida grande que ia ter, de repente viu a vida grande, a vida era uma só, não tinha essa besteira de céu e de inferno, era só uma aqui na terra, grande ou pequena, e viu a vida grande. Então como é que era?

    Então fizeram o plano.

Lauro agora conhecia bem Conrado, o dono da rádio, sabia dos caprichos dele no querer ser criador que não era, inventou uma novilha como não havia outra na terra, não precisou pôr muito na invenção porque a vaquinha era mesmo um encanto, e vendeu o animal por um preço bem alto mesmo, como o Conrado gostava de pagar. E acertou que o Beto e o Aguinaldo, parelha de confiança, levariam a novilha para a fazendinha do radialista a uns quarenta quilômetros da cidade. Fechado; os dois iriam na picape, o Beto dirigindo, era bom, e o Aguinaldo ao lado, olhando para trás e cuidando da novilha atrás o tempo todo.

Foram; tudo combinado, a cestinha dentro da sacola que Aguinaldo colocou no chão do seu lado, para tirar quando a atenção do Beto estivesse toda na estrada, uma ponte estreita que ele conhecia, uns 15 quilômetros antes de chegar, aí ele dava o jeito, tirava a cestinha e já abria como quem estivesse assustado, surpreendido, jogando a bicha sem querer no pescoço do Beto, puta que pariu, como era difícil matar um homem, um homem amigo inda por cima, precisava de muita coragem. Duas noites tinha sonhado com a cara do Beto olhando fixo para ele, sério, sem dizer nada, só a cara, grande, não via o corpo no sonho. Duas noites, era aquilo na consciência pesando antes do feito. Mas tinha de fazer, tinha empreitado o feito, fechado o trato, agora era. Foi. E depois o arrependimento, e a cara do outro, sem entender nada, aquela cobra atirada em cima dele, mordido no pescoço, puta que pariu, ia gritar e olhar para ele arregalado, que é isso, e ele tendo que abrir a porta correndo e pular fora para não ser mordido também, sair correndo, e o amigo lá gritando e começando a morrer ali mesmo sem ninguém perto pra acudir, o arrependimento, a amizade de repente ali tão avultada, crescida a mais não poder de emoção, vendo o outro ali esvaindo-se na morte, estupefato, o valor da vida e da amizade revelado assim de estalo, puta que pariu, não dava, mas tinha feito o trato, seu Lauro era chefe e era forte, ele tinha garantido, até a metade do dinheiro já tinha levado, era muito, tinha de ir. E foi.

    Só que foi e voltou, e não fez. Puta que pariu, era muito difícil matar um homem, inda mais um amigo daqueles, inda mais com aquele plano complicado, se fosse pra dar um tiro na nuca assim de repente, os empregados depois dos vinte anos de idade andavam todos de revólver na cintura, o dele podia disparar de repente e o tiro ir na cara do Beto, mas aquilo de jogar uma cobra no pescoço do outro era maluquice, coisa de maluco mesmo, seu Lauro andava maluco pela Carminha, foi pensando a viagem toda, entregaram a novilha, linda, branquinha, uma graça, e voltaram, podia ainda fazer a coisa na volta, na mesma ponte, mas que o quê, o pensamento já tinha dito o que fazer, puta que pariu, era muito difícil matar aquele camarada, mas era difícil também voltar sem ter cumprido o trato, que cara ia fazer diante do homem. Ia fugir com o dinheiro. Não, isso também não, era patifaria demasiada, ladroeira, devolvia o dinheiro por terceira pessoa e se mandava de vergonha, nem queria mais ver o homem, pedia ao Durvalinho para entregar, não precisava dizer nada sobre o que era, tudo aquilo foi pensando, e o pensamento desenvolvendo o novo plano, ele calado, o Beto até estranhando a quietude, mas ia pensando tudo, só tinha aquele tempo, não devolvia todo o dinheiro, ficava com a quarta parte da metade que tinha recebido, metade do total combinado, se ficasse com o todo daquela metade era muita tratantada, sem-vergonhice que o outro não ia tolerar, ia mandar buscar ele onde estivesse, tinha meios de poder. Mas se ficasse só com a quarta parte daquela metade que tinha recebido, já não era tanto, embora fosse boa grana para ele, o outro ia compreender que tinha precisado daquele dinheiro para fugir da vergonha. Era assim mesmo, lei de homem, não aceitar a vergonha, o chefe ia compreender, era homem, tinha pensado muito naquele caminho de volta. E aquela cobra? Bem, perto de casa tinha um riacho, ele amarrou bem a tampa da cesta e jogou no riacho a cobra. Estava limpo.

Limpo, que boa expressão, zás, que sentimento leve na alma.

Tinha uma maleta velha que fora da mãe, encheu com a roupa que estava no armário, pegou um trem, saltou em Araçatuba e foi para Barretos. Empregava-se, Barretos também era terra de boi, muito tinha escutado falar.

Mas a fuga de Aguinaldo abriu um vácuo que ninguém entendeu, e deu muito comentário, de Beto principalmente, abismado, lembrando o silêncio esquisito do amigo na volta da viagem, que seria, que o quê? O que podia ser? Começando a querer entender de longe mas desfazendo o entendimento, achando que não era possível. Lauro, acabrunhado, puto e derrotado, devia logo ter percebido que não ia dar certo, maluquice que estava pagando, mas ia comer aquela mulher de qualquer maneira, isso não se discutia. E foi a esposa, outra vez a esposa, a mineira que não era muito querida mas tinha de ser respeitada, até porque era atilada e sensitiva, a esposa lá de longe soube do fato e da fuga, ligou alguns cordões da pequena história esquisita, o demônio no corpo do Lauro, as idas freqüentes dele a Campo Grande sem motivo, afundou um dia inteiro na própria mente e intuiu, estalou, tinha coisa do marido atrás daquela mulher do Beto, querendo jogar Aguinaldo pra acabar com o outro e ficar com a viúva. Intuição feminina, coisa de mulher mineira e sabida, não se sabe, mas o fato foi que ela viu, soube da procura do Lauro pelo índio feiticeiro, viu tudo e foi contar, tinha de acabar com aquilo, até para o bem do marido, que estava enlouquecendo.

E então subiu o espanto do velho chefe; nunca podia pensar que o moço chegasse àquilo, mandou verificar tudo, e a charada se decifrou inteira, um horror, Lauro era sobrinho-neto, tinha o sangue. Ele reuniu os outros dois irmãos mais moços da velha geração, Augusto e Cecílio, este avô de Lauro, e mais Boanerges, o pai. E Lauro foi chamado, tinha de ser, na cara, e admoestado, e enquadrado, com severidade mas sem desrespeito, que um Castanheira não se podia humilhar, mas, com seriedade, tinha de acabar com aquilo, tinha que ficar lá em Porto Murtinho e esquecer a mulher do Beto, que por sua vez ia sumir de Campo Grande, estava grávida, ia ter o filho em outra cidade, não disseram onde, era segredo deles.

E efetivamente sumiu. E Lauro desvairou em profunda inconformidade com a vida, largou a mulher, não podia mais olhar para a cara dela, que se fosse pros infernos, que voltasse para Sete Lagoas, a terra da gente dela, não podia mais vê-la, dava aquela raiva de demência, não estava mais nele o controle da mão para não rebentar a cara dela. A família entrou mais uma vez, os Castanheiras, houve então entendimento, rasgação de palavreado, não podia fazer aquele escândalo, mas afinal homem era homem, compreenderam, a mineira voltava discreta para os pais, e Lauro ia viajar, passava uns tempos no Rio de Janeiro, melhor terra no mundo para curar dor de cotovelo e falta de mulher, Copacabana, banho de mar era coisa muito boa para a saúde.

O ser humano, em seus limites, só percebe e compreende aquilo que suas estruturas sensíveis e lógicas o capacitam a perceber e entender, aquela visão tão clara no que parece e tão estreita no que na verdade é. Pelo desenvolvimento das ligações neurológicas, as sinapses, cria a matemática e através dela alarga o universo, entra em representações abstratas que abrem novos campos de saber, mas não chega jamais a ter o sentido real dessa coisa que chama espaço-tempo, da outra que é energia-massa, da partícula-onda, do início do mundo, do próprio infinito, noções que não cabem, não podem figurar na compreensão humana. As limitações são grandes, não permitem que nos seja dada, jamais, a famosa "coisa em si" do mundo. Mas a vontade da busca não se acaba, tempo vai, tempo vem, a gente nasce, anda, cresce, e vive pensando, e acaba morrendo sem saber por que tem de morrer, e por que tem de saber que tem de morrer. Mas nesse crescimento pensante e incessante nem sempre perde o caráter arisco dos sentidos, e Aguinaldo, de relance, antes que o outro desse por ele, viu que era Beto, inconfundível. Ali, em Barretos, fazendo o quê? Atrás dele? Coincidência? Como coincidência? Terra de boiadeiros, sim, boiadeiros sempre se encontram, os caminhos se cruzam, mas Beto ali não dava pra imaginar, como? A vida e suas esquisitices, parecia mesmo coisa do demônio, forças daqui e dali tinham empurrado os dois, dois amigos de cepa, até aquela maluquice da cobra, e depois de separados tinham posto os dois ali no mesmo lugar. Na mesma hora, já, no instante mesmo em que viu e desconfundiu, ele tomou rumo, pegou suas coisas, pôs de volta na maleta e foi para a rodoviária, por sorte ainda tinha bastante dinheiro. Viu que tinha ônibus em vinte minutos para Araçatuba, era lá mesmo, tinha saltado lá do trem antes de vir a Barretos, terra boa, terra de boi também.

Beto era um cara firme e não havia razão nenhuma para que não se desse bem naquele meio novo a que vinha com a mulher. Meio zonzo, não conhecia, mas não tinha medo, tinha os dons, bom de laço e montaria, cara franca e jeito aberto, já fora recomendado por aquela gente forte, foi chegar a achar lugar como peão de rodeio. Um tempo de aclimatação, natural, e logo estava enturmado. Contando rápido, Carminha teve o bebê, ô mulher bonita e suave, não havia quem não achasse, teve uma menininha, parecia uma sina, ia ser igualzinha à mãe, à avó, ficaram morando numa casinha pequena de chão batido fora do centro, mas limpinha e decente, até poderem melhorar. E melhoraram. Em oito meses Carminha conseguiu deixar a menina com uma senhora e se empregou em casa de família rica, e mais outros seis meses, ela sabia ler e escrever direitinho, fazer contas, essa coisa que os Castanheiras propiciavam a quem era deles, foi contratada para trabalhar na administração do próprio rodeio onde Beto campeava. Melhoravam devagarinho, arranjaram uma casinha mais espaçosa e menos distante, com chão de cimento.

Dizem assim, a vida vai rolando, cada um no seu trato.

Conrado, lá em Campo Grande, sempre preocupado com o Júnior, que já chegara aos 18 anos, começava a estudar contabilidade e administração, só para estudar alguma coisa, mas nunca se interessava por nada, aquela cara de rapaz que não era feio, mas sempre enjoado. Entretanto, entrementes, de repente, quer dizer, aos poucos, mas num estalo a partir de certo ponto, Júnior passou a gostar de rodeio. Ora, Conrado ia notando, Júnior era bom de montaria, começou a gostar mais e mais, deu de amansar potro, ele e Reinaldo, um amigo filho de gente boa, iam para a fazenda e lá ficavam a empinar potro bravio, a chamar o Relheiro, peão bom de sela, o melhor da redondeza, outros peões que começaram a aparecer para montar potros e tourinhos raçudos, e foi que foi, virou uma mania, Conrado não deixava de viver preocupado que o Júnior se machucasse numa daquelas, mas valia um braço quebrado, até uma perna, só tinha medo de pescoço, coluna, valia o medo porque finalmente o menino gostava de alguma coisa, se interessava, e era realmente bom de sela, aquilo de repente tinha virado mesmo uma paixão, graças a Deus.

    Então Conrado se meteu, ora, se era uma coisa tão boa, por que não montavam uma empresinha de rodeio lá em Campo Grande? Muita outra gente ia gostar daquilo, pois era uma coisa bonita e interessante, e a cidade era um centro de boiadeiros, ali só se falava de boi. Ora, claro, Júnior gostou da idéia, ele e Reinaldo, rapidinho, o pai de Reinaldo tinha uma terra logo na saída para Jaraguari, na beira da estrada, ergueram uma arquibancada de madeira, bem sólida, pelo amor de Deus, era preocupação de Conrado, anunciaram bem na cidade, pela rádio principalmente, e também por um carro com alto-falante e volantes distribuídos, e foi um sucesso o primeiro espetáculo, encheu, deu renda, o pessoal gostou e comentou, Júnior até montou um potro e não fez feio, mas depois Conrado conversou, com jeito, enchendo o ego do moço, ele tinha tido a idéia, era agora um empresário, um empreendedor, podia continuar a montar potro por esporte, amador, era muito bom de sela, mas não ficava bem aparecer como profissional no espetáculo, podia pegar mal, com jeito, falou e convenceu. Fizeram um segundo rodeio um mês e meio depois, e deu ainda mais gente.

    E Conrado então se ligou também naquela empreitada, foi se interessando, viu que podia ser um negócio até melhor do que havia imaginado, e era o negócio do filho, finalmente. Quis ir a Barretos, sabia que lá era terra de rodeio grande e muito procurado, queria ver como era, investigar o negócio, empresarialmente, não conhecia ninguém do ramo mas chegava como quem só queria fazer reportagem de rádio e ia falando, procurando, tirando informação, assistindo um rodeio grande.

    Foi com Júnior e Reinaldo. Viu a cidade, não conhecia, boa cidade, prosperidade evidente, pensou logo em visitar a estação de rádio principal, mas antes queria pesquisar, farejar o negócio de rodeio, indagou e logo foi à empresa maior. E viu, oh, Carminha, logo na entrada, foi quem o recebeu, a primeira pessoa, viu e pasmou, calou sem perceber que se calava, de espanto e de fascinação, conhecia, já tinha experimentado aquele fascínio antes, só que agora, de repente, era maior, e sabia perfeitamente quem era ela, sabia do caso com o moço Castanheira, quem não sabia em Campo Grande?, e ali estava ela, reconheceu e emudeceu de pronto, ali diante dele, arrebatadora, de emudecer um homem, nunca tinha visto mulher tão bonita, aqueles olhos de uma cor que só de deusa e aquele porte de corpo, um pouco acima da comum e na medida mais certa de mulher que podia haver, nas curvas e densidades. Oh! Era um sujeito já gordinho pela idade e sem graça, bigodinho inexpressivo e cabelos ralos, pele de homem passado em anos, Conrado, era, que fazer? Sabia da vida e de suas razões, a família e os afetos principais, o trabalho, o negócio, o interesse, o bom nome, a vaidade, o ego, essa coisa tão forte, tudo, sabia, e principalmente o quanto de valor na vida de um homem tinha uma mulher bonita, uma mulher realmente bonita, encantadora, gostosa, feminina, sabia o quanto, uma montanha de enormidade.

    Como são essas mulheres capazes de emudecer um homem? Muitas e muitas vezes tinha feito essa pergunta no seu gosto de filosofar. Que propriedades têm, além das curvas e dos traços de beleza? Haveria um certo grau de santidade nelas. Mas não há nada de fixo ou definitivo a dizer, nem quanto a formas nem quanto a cores, nem desenho do rosto ou mesmo consistência de carnação, a variação seria complexíssima, mas com certeza algo além do material, do físico, uma espécie de doçura ou aveludamento espiritual, uma irradiação solar de amanhecer, não meridiana, às vezes a suavidade de uma fulguração lunar, uma transcendência, com certeza, propriedades exclusivas de deusa, inexplicáveis. Nada sexual no sentido mais direto e comum, assim como um odor de mulher capaz de provocar o imediato tesão nos homens, uma curva especial de bunda ou de coxas, um jeito de requebrar as curvas ou de olhar o macho e suscitar o sexo, o cara sair dali e imediatamente tocar uma punheta pensando nela, não, não era nada disso, Conrado sabia muito bem do que se tratava, conhecia, Carminha era de emudecer de pasmo e de arrebatamento, logo de paixão, amor de coração, mais que de tesão.

Carminha. Entrava numa sala e os homens se tonificavam de pronto só de vê-la no relance, cabelos bem pretos e lisos, de índia, olhos verde-castanhos densos e mansos, mas resplandecentes, a boca vindo ao encontro, os dentes bem brancos e perfeitos, o sorriso doce e luminoso, a figura de mulher, a cor de índia clara com os meneios modulados. Conrado sentou-se e levantou-se algumas vezes, sem falar, sem perceber o que fazia. Incapacitou-se.

E saiu no atordoamento e não fez mais nada, não soube o que dizer, como explicar, só o pensamento obsessivo, era impossível, conhecia aquela mulher, nem que ele lhe oferecesse seu mundo por inteiro não convenceria, nada a moveria, por certo, ele conhecia sua história, sua lenda mesmo, era absolutamente impossível tê-la para ele, como tão absolutamente impossível era deixar de querê-la a todo custo, só aquele obstinado pensamento e a incapacidade de dizer, de responder às perguntas de Júnior, preocupado, as indagações do médico logo depois, sim, não se sentia muito bem, não articulava nem tinha firmeza nos movimentos, Júnior levou-o ao hospital, claro, Reinaldo junto sem entender nada, o médico examinou, tirou pressão, eletro, tudo o que devia, e não achou nada, recomendou um especialista, um neurologista, porra nenhuma, disse para Júnior, vou-me embora pra casa, agora mesmo, e de avião, veja como se freta um, você fica aí com Reinaldo, assunta bem as coisas e volta de carro, e foi pensando nela como um autômato, impossível tê-la, como impossível deixar de querê-la, logo ele, um homem que amava as mulheres, melhor não vê-la nunca mais.

    Bem, repetia-se a história, o amor duplamente impossível, de realizar e de desapaixonar, tinha deixado Porto Alegre por causa de Beatriz, a mulher do irmão, paixão irrefreável, encostava-se nas paredes para não cair, tinha vertigens quando a via especialmente bela e radiante, como Dante, que desmaiava quando via de longe a sua Beatriz, obsessão da vida dele, pela qual se tornou o grande poeta que foi, pela frustração do amor, se tivesse comido Beatriz, a humanidade não teria a *Divina comédia*, nunca sequer a tinha beijado, ela era casada e muito honesta, só a via, bela, desmaiava e depois com certeza tocava uma punheta, por isso tinha sido tão grande poeta, como ele, Conrado, que adorava a mulher do irmão e nunca teria tido possibilidade de tê-la na cama, por isso, desesperado, tinha abandonado Porto Alegre para ser grande em Mato Grosso, tinha sido o verdadeiro motivo de largar sua vida inteira, mulher, a filha que era a graça da vida, tinha mudado de mundo, tudo bem, não se arrependia, tinha sido muito feliz, mas agora ali a coisa velha se repetia, não podia deixar de querer aquela mulher Carminha, e não ia conseguir tê-la de jeito nenhum, tinha certeza, repetia-se o mesmo drama que o arrasara havia quase trinta anos.

    A bioquímica do homem cativo de encantamento é inextricável. O corpo segrega certas liserginas cuja composição é variável e de extrema complexidade, e cujo efeito é o bloqueio do pensamento e do próprio sentimento, fixos na ligação direta com a fonte do apaixonamento. O homem abdica, renuncia, desprende-se de todos os outros interesses e volta-se por inteiro para o halo feminino da mulher querida.

Conrado voltou a Campo Grande de avião e chegou confuso e entorpecido como saíra de Barretos, o pensamento rodopiando entre o impossível de ter e o impossível de deixar de querer, o impasse existencial completo e definitivo, extenuou-se nesse impasse, semanas afora nesse cansativo enredamento. Não era um bruto, como o Castanheira, que pudesse esquecer aquela antinomia numa temporada em Copacabana; era um ser frágil, apesar da aparência operativa, um homem sensível que amava as mulheres e que podia ter sido um poeta como Dante. Então sofreu. Sentiu aprofundar-se a dor da frustração que dói nos ossos, nas partes mais internas e vitais do corpo vivo, a dor que confrange o coração e o vai abafando pouco a pouco. Esse tipo de dor de frustração profunda e prolongada mata. Conrado viu que ia morrer, de um mal inexplicado, ia morrer de coração abafado depois de ter visto Carminha.

Então, não. Ainda tinha forças de homem que gostava de viver. Então, não. Tinha de sair para outra, nem que corresse risco de insucesso, só para sair daquela. Lembrou-se de um projeto que fazia anos tinha em mente, sempre desistindo, o jornal.

Sim, tinha optado pelo rádio porque sentia que era a sua vocação, conhecia o seu talento para o ato de fala, e também porque o seu tino empresarial mostrava o rádio, o veículo da comunicação verbal, como o novo campo a ser desenvolvido, o moderno e futuroso, tinha lido sobre Hitler e o segredo do seu sucesso, com Goebbels dirigindo o rádio, jornal era um negócio velho, muito elitista, nunca ia atingir a massa do povo, ele esperava, sim, a hora da televisão ali em Mato Grosso, que estava próxima, aí, sim, ia se jogar, tinha tino, sabia administrar radiodifusão, tinha a maior e melhor emissora da cidade, na hora da televisão, que estava bem próxima, era natural que fosse dele, aí, sim, era a modernidade mais moderna que o rádio. Mas jornal, não era a dele, não tinha vocação para a escrita, daí a opção que tinha feito. Entretanto, entretanto, ele era um cara de pensamento e vivia especulando.

O jornal era uma coisa velha mas tinha uma coisa mágica, a fotografia, a imagem, isso que era o segredo do Bloch, o judeu inteligente e fino no pensamento, a fotografia, a boa foto da *Manchete*, o encanto da imagem, coisa que o rádio não tinha, só a televisão ia juntar as duas coisas, a fala e a imagem, como o cinema, a coisa mais mágica do século. No rádio, ele podia abrir a emissora para entrevistas com homens importantes, como fazia comumente, homens de negócio, homens políticos, de poder, e até homens de cultura, como tinha feito com o poeta Manoel de Barros, um sucesso. Mas não tinha como fazer uma boa cobertura, com imagens, de um grande evento social, um grande casamento, um jantar, uma grande festa promovida por uma grande senhora da cidade, com abundância de fotografias bem tiradas, como gostaria de homenagear algumas, poucas, algumas das belas senhoras da cidade. Que gosto. Pensava tudo isso, havia tempo, era um homem afeito ao pensamento, mas não tomava a nova iniciativa com receio de não se dar bem, entretecia razões contrárias àquela idéia, a sua falta de vocação, o peso do investimento, tinha patrimônio mas não podia arriscar tanto, e o enfrentamento com os jornais locais, isso principalmente, gente até amiga, que prestigiava a emissora dele, e da qual seria concorrente, adversário, tudo aquilo que o fazia sempre deixar pra lá a idéia de jornal, se bem que soubesse que a associação de veículos de comunicação diferentes, jornal e rádio, desse um excelente resultado, quem sabe uma revista semanal, uma *Manchete* local, boa idéia, especulava, gostava de pensar, mas o mercado era pequeno, ia deixando, ia deixando.

Pois havia chegado a hora.

Aquela mulher não ia acabar com ele, tirar sua saúde, sua vida, que é isso? Carminha até que lhe tinha feito um bem. Ia sair para uma nova, novo desafio de grandeza. Que ele tinha, havia provado, grandeza e tino. Pois ia.

Ia aonde? Bem, havia pensado muitas vezes naquilo, e o caminho melhor sempre lhe parecera o de procurar a gente dos Mesquita, do *Estado de S. Paulo*, gente correta e forte, confiável, e especular sobre uma parceria, propor uma espécie de parceria, não que fosse exigir muito deles em termos de capital, não, capital ele tinha, o que precisava era de apoio técnico, jornalístico, comercial e empresarial, apoio de prestígio também, que o *Estadão* tinha de sobra. O problema único era que o *Estadão* era muito lido em Campo Grande, só perdia para um dos jornais locais, tinha esses dados porque havia pensado muito no assunto, o novo jornal seria um concorrente do *Estadão*. Mas até por isso mesmo, para evitar um novo concorrente, que ia cobrir todo o Mato Grosso, até Cuiabá, até por isso os Mesquita bem podiam achar interessante uma associação com o novo concorrente na qual eles só entravam com a experiência, com a estrutura que tinham, a agência de notícias, e o prestígio, podiam gostar da idéia, não custava tentar, conversar, o Lúcio tinha bom conhecimento com eles, pedia ao Lúcio que desse um telefonema, fizesse uma referência dele, Conrado, quem era, o que tinha realizado na vida, sua ligação com o governador, com a política de Mato Grosso, os três senadores, principalmente os dois de Campo Grande. Bem, ia.

E foi.

Ficava sempre no Hotel Excelsior, na Avenida Ipiranga. Havia outros, melhores, mais novos, e não era por economia, mas por simpatia e hábito, que ficava no Excelsior, ia muito a São Paulo, conhecia o pessoal de lá. E estava acabando de preencher a ficha na recepção, era só assinar que eles mesmos preenchiam o resto, acabava de assinar no minuto em que encostou no balcão um homem de terno azul-marinho e disse à moça em frente, com acento bem porto-alegrense, que tinha feito uma reserva em nome de Vicente Loureiro Filho.

Vicentinho, o choque, lembrava-se bem, conhecia bem e de repente se lembrava muito bem, o filho do velho, um pouco mais moço do que ele, uns cinco anos, mas que vivia na loja, começara até a trabalhar lá enquanto estudava, Vicentinho, sim senhor, terno muito bem cortado, Conrado conhecia e observava bem essas coisas, roupa que com certeza não era da loja, tinha notícia da loja, agora era dele, Vicentinho, o velho havia morrido, crescera, virara loja de departamento, vendia artigos de preço mais popular, não aquele terno, bem, tudo isso observado num relance, até o cheiro bom de perfume masculino, capricho de cara organizado, tudo num átimo de segundo, e tchau para o pessoal da portaria, de costas para o balcão e logo na frente do elevador, o homem não tinha visto a cara dele, Conrado, com certeza, e se visse provavelmente não teria reconhecido, trinta anos depois, mas talvez, quem sabe, às vezes um detalhe, a voz, por exemplo, ele tinha reconhecido a voz do Vicentinho, naturalmente depois de escutar o nome, alertado pelo nome, mas lembrava-se perfeitamente da voz, que ainda era a mesma, com certeza a voz dele, Conrado, também devia ser a mesma, e o jeito de falar, escandindo, muito peculiar, o outro seria capaz, de repente, de identificar, principalmente se ouvisse o nome dele, Conrado, um nome pouco comum, ainda que tivesse mudado o sobrenome, podia ter mudado o prenome também, que besteira tinha feito, agora via, o outro podia, sem querer, ver o nome dele sendo posto na ficha pela funcionária, ou escutar a moça responder tchau, doutor Conrado, felizmente ela não havia respondido, tudo isso num átimo de minuto, o elevador se abrindo e ele entrando, sentindo o medo e o suor do medo, sim, não era medo de punição, de polícia, de ir para a cadeia, aquilo tudo já estava mais do que prescrito, mas era a vergonha, a vergonha dele, Vicentinho, que sabia de tudo, claro, ele, Conrado, tinha fugido no dia seguinte àquele em que Leandro, o contador, viera lhe dizer que tinha dado falta daqueles 18 contos que ele havia usado no negócio dos couros, pretendendo repor, tudo ele lembrava muito bem detalhes, da própria cara do Leandro desconfiando dele, da decisão de fugir quando vira que estava descoberto, tudo muito rápido, a pesquisa dos vapores, a sorte de sair um no dia seguinte, a dor de deixar tudo, a casa, a família, a menina que era a graça, a dor enorme, mas o medo muito maior da vergonha e até da punição, sabia que o velho Vicente não o poria na cadeia pela amizade com a pai, mas o contador não gostava dele, tinha implicância, inveja, sabia lá, e, depois, o pior, a vergonha, a vergonha muito maior, Porto Alegre inteira a saber, a cara dele em casa explicando para Dalva, impossível enfrentar, e nunca mais ia ter condições de repor aquele dinheiro, o negócio dos couros ia demorar muito até render bem, então, a decisão de fugir e, desgraça pouca era bobagem, a vergonha não dependia do valor, tinha decidido apanhar o dinheiro da caixa para a fuga, tudo, tudo muito bem lembrado, até a cor do dinheiro tirado da caixa, tudo naquele átimo de minuto enquanto o elevador se fechava e Conrado subia sentindo o medo e o suor do medo, pensando em largar tudo e voltar correndo para Campo Grande, sua casa.

CANTO TERCEIRO

O Norte

O Norte, para nós, é Portugal, indiscutivelmente; como o Oriente é a África, há muitos anos, desde sempre.

Portugal é uma terra forte e verdadeiramente densa de tempo e de acontecimentos. Cavei ali, cuidadosamente, com um amigo angolano, mestre escritor, cavamos decâmetros e hectômetros de terra, e fomos retirando camadas de séculos de História — a bem conhecida, de Afonso Henriques, e a outra, muito mais antiga, anterior a Viriato, que fomos descobrindo. E, continuando, por insistência do meu amigo, bem mais ao fundo encontramos outro mundo, de seres bondosos, luminosos, que esperam o tempo de subir ao nosso plano de infelicidade, mundo belo, aquele, sobre o qual meu amigo já muito havia escrito com maestria.

A ciência do homem, a maravilha da História, vai mostrando cada vez mais que uma pesquisa feita com muito empenho e rigor finda por mostrar resultados produzidos pelo próprio homem, resultados quase queridos pelo investigador. Assim foi a escavação que fizemos, com muito esforço e tempo, em meio à viagem.

A viagem é a matéria deste conto; a viagem feita a Portugal, em companhia desse português bávaro-angolano, eminente escritor, que tanto me ajudou a descobrir e apreciar mais belezas daquela terra amena que se estende ao norte de Lisboa (esta cidade de muitas afeições) até o sereno Vale do Minho nas portas da Galícia, meio portuguesa, um tanto celta, e tão alegre nos seus mistérios.

Antes, entretanto, preciso dizer que sou um condenado à morte, e é nessa condição que escrevo o conto. Não que o seja pela lei e que esteja numa cela prisional aguardando o tempo da execução; o meu país é uma das nações mais civilizadas do mundo e há muito aboliu esse castigo bárbaro, inumano, anticristão. Minha condenação é a mesma de todos, ditada pela própria vida, todos sabem — o que vive tem de morrer, embora essa lei natural e universal seja considerada com seriedade apenas depois que se dobra um certo cabo de tempo, e a rota da vida aponta para o visível destino final. Visível. Entra-se então em meditação mais freqüente sobre temas metafísicos, se acaba tudo ou não, se tem de vir por que não vem logo, por que toda essa espera pela hora, pensamentos responsáveis e inevitáveis, muitas variações sobre essa pauta, e tudo isso no meio de uma lida esforçada e concreta por ganhar um ano mais, um mês, por vezes, e nesse trato de meditação quase sempre se mergulha no destempo. Ou no desmundo, como o meu amigo escritor e cicerone.

Essas expressões me obrigam a definir o tempo e o mundo, e eu digo que o tempo é o conteúdo, o estofo da nossa vida, muitas vezes mais amplo, ou mais denso, que a contagem do relógio, dependendo do gáudio, do aprazimento, do interesse.

Estou falando do tempo nosso, claro, do ser humano, porque há outros tempos, o da humanidade, que é a História e a pré, o da vida, que é a História Natural, e o do Cosmo, que é um conceito matemático, uma dimensão do *continuum* espaço-tempo, inacessível ao nosso limitado entendimento. Assim, referido ao tempo nosso, o destempo é a completa parada da contagem da vida nossa, uma coisa meio oriental mas que existe, não chega a ser parada da vida, isto é, morte, porque o coração continua pulsando, baixo, quarenta, trinta vezes por minuto.

Pois com o destempo eu convivo, até sei fazê-lo, dia sim, dia também, sento à natureza pelo começo da manhã e rezo no ar e no silêncio, no vazio do pensamento, só respirando a Graça do Senhor. Sinto que o corpo pára também no seu metabolismo de envelhecimento, mas não visa a este fim a minha prática, não contrario o natural curso de degradação física, aproveito-o na compreensão dos processos da vida como um todo, esse todo grande, esse todo largo, na compreensão e no aperfeiçoamento do ser com os outros: a velhice é, sim, há muito, sabedoria. Gosto e consigo experimentar esses momentos de nada, que são envoltos em graça, momentos imotos que têm somente extensão — só, extensão pura —, dentro dos quais vai crescendo a certeza de que, enquanto estou, sou eterno, junto com o todo enorme, largo, esse absoluto.

E o mundo, bem, o mundo são as gentes e as coisas da nossa convivência, não é todo o planeta, mas isso que está aqui conosco no tempo e na vida; cada um tem o seu mundo enquanto vive, não é preciso explicar mais. É possível sair do mundo e estar vivo? Meu amigo português diz que é: ele cria mundos, outros, e vai passando de um para o outro nas páginas que escreve, é mestre na arte, e os vai tornando reais, tanto quanto os nossos, os que partilhamos, sobre os quais escrevemos.

Então, bem, destempo, que conheço, e desmundo, quem sabe melhor polimundo, que meu amigo descreve. Por cima das nuvens, porém, dentro do avião, há também uma espécie de destempo, mas que é diferente, nefelibata — e é onde estou quando começo o intento deste conto, que deveria chamar-se "A viagem". O meu sistema é um jato, essa coisa sempre nova, que se move numa velocidadezinha que até não é pequena segundo os costumes lá de baixo, o meu mundo. E eu também me movo dentro dele, pra lá e pra cá, para fazer circular o sangue, e olho, escuto, bocejo, amasso o tempo ralo enquanto penso, vejo outros viajantes brincando atentos com computadorezinhos fornecidos pela aeromoça. Aí é que está, aí é que eu caio no torvelinho, começo e não paro de pensar no meu particular destempo da vida, este de outra espécie, desinteligência em relação ao acontecimento presente, este, sim, deprimente porque incapacitante. Aí não é mais destempo, é despresença, ou desvigência, pé-na-cova, como se diz, atraso mesmo, verdadeiro, que causa incompetência e estupefação: eu e o computador. Tento reagir com apoio divino, invoco os estrilos da natureza contra os excessos de tecnologia, as desmesuras da ousadia humana. Mas não me convenço, mesmo tendo ao meu lado as razões da Criação; há seiscentos anos os portugueses arrostaram essas razões, e venceu o atrevimento humano. Então, é atraso mesmo de minha parte, velhice.

Posso pensar no esforço de restauração, e penso mesmo; quando chegar de volta ao Rio, tomarei aulas, aplicadamente, e dominarei essas técnicas que todo dia se renovam, dominá-las-ei mesmo que pesadamente em relação à geração dos netos. Sim, isso posso; mas vale? O que vale? Perdas e ganhos, a gente sempre acaba pensando assim, pela ótica do utilitarismo. Só que, no caso, pensando bem, sopesando, a perda poderá ser sempre maior, no balanço, por todos os ângulos, se forem ângulos do mundo, sempre haverá perda substancial, o computador infiltrou-se em todas as brechas do mundo, e o ganho com esforço provavelmente sempre deixará perdas, nunca será atual, porque o atual, neste aberto, é uma nave a jato cada vez mais veloz, e o déficit aparecerá implacável. Mas não quero mesmo me deixar levar por esses caminhos de contabilidade utilitária; tenho horror a isso, essas coisas de mercado, então mudo de assunto comigo e me deixo deslizar sem mágoas pelas vertentes naturais: a vida é isso mesmo, é perda de faculdades, dessas de operação no mundo com certeza, deixa pra lá, quem sabe há algum ganho substantivo em outras, dessas de sabedoria.

Muito duvidoso isso, embora eu queira pensar que sim; é coisa nossa, de velhos, defesa nossa, isso de invocar os ganhos da experiência vivida; mas incerta, porque não casa (a experiência da vida passada) com os quefazeres tecnológicos da vida presente; se tenho de escrever, registrar qualquer coisa dessa experiência, tenho de ir ao computador. A complicação é um busílis que ascende mês a mês em curva exponencial, e o pobre ser humano se vai retardando irremediavelmente a partir dos seus 44 anos, pronto: celulares que fazem todas as multiplicações e ligações, tiram fotografias, filmam e viram televisão, computadores pequenininhos que levam sua cara e sua voz instantaneamente para o outro lado do mundo, e até para outros mundos, como quer o meu amigo. E o pobre ser-aí vai perdendo, vai escorregando para um escanteio existencial, e vai sentindo uma coisa esquisita, uma vontade de morrer. Depois dos sessenta e tantos, setenta, isso se instala de pleno, e a pessoa aceita a condenação; se não a comete, é por medo, um instinto, um programa impresso da mente natural. Bem, apesar disso, a medicina procura e vai achando o tal elixir aos bocadinhos. E vai agora acelerando, cada vez mais depressa, correndo atrás da tecnologia dos aparelhos, e já promete a vida de 120 anos como coisa normal. Bah! Essa mesmice, tempo cada vez mais ralo, inconsistente; só por muito medo.

    Reconhecer e confessar é aceitar, claro, mas aceitar não é necessariamente retirar-se, antecipar o fim, ter como certo que não se verá outra vez num avião sobre o Atlântico em busca das origens ao norte e a leste, ou de qualquer outro tesouro cultural. Aceitar não é comprar uma casa em São Pedro dos Ferros e ficar lá esfiapando o tempo, contemplando o azul e o verde, até porque, mesmo lá, a gente toda só fica vendo e falando de televisão, e agora até de televisão digital, de computador com certeza, e de celular também, talvez haja sinal. Então, o que é aceitar? Boa pergunta; é justamente aí que está a resposta: é continuar o esforço de apuração da vida, apesar da corrupção das fibras e do diluimento dos hormônios, continuar pensando e descobrindo, e sobretudo mostrando, sem descoroçoamento. Mostrando. Por exemplo, ser professor numa escola primária de periferia, ensinar meninos de olhos espertos a dizer bem a língua, a escrevê-la com pensamento e sentimento, exercitá-los, ser exigente com eles, desdobrando os benefícios do rigor, a visão mais bela que se tem num patamar de cima, só isso, nada de utilidades práticas, falar aos pais deles sobre a importância disso para o desenvolvimento da humanidade, dar tarefas também a esses pais, mães, claro, elas principalmente, dar-lhes um caderno e uma caneta Bic e sugerir que escrevam ali suas vidas todos os dias, suas histórias diárias, seus sentimentos e seus anseios, nada operacional, não, apenas porque apronta elevação da sua condição humana, o que importa.

Esqueço tudo isso, naturalmente, quando baixo à terra, que na terra o movimento é outro, o tempo é outro, mil obrigações encadeadas, não dá tempo. Só para exemplificar, logo no aeroporto encontro Heloísa e esqueço tudo, me ligo nela, seu perfil delicado que conheci no teatro enquanto escutava música, olhando-a de lado, meia hora, uma hora à meia-luz, fixamente, amando-a ali, logo à primeira vista, aquelas linhas de nariz afilado e lábios finos, uma pele clara e doce de beijar, uma franja negra acentuada sobre a testa; encontro-a vindo de Brasília, de pasta na mão tal uma executiva, mulher de negócios, oh, decepção, operadora honrada e bela, e puta ao mesmo tempo, sem saber.

Foi em outra viagem, esse encontro, não a de Portugal, foi bem antes, eu chegava de Porto Alegre, onde estivera como participante de uma mesa de debates sobre democratização de meios de comunicação no Fórum Social, como se outro mundo fosse possível — temos que afirmá-lo —, sem a força dessa imprensa que só quer saber de grana e escândalo, que se move a grana, mesa com um jornalista argentino e o escritor português que referi, foi quando o conheci, interessante, sim, a mesa, interessante porque nada útil, nenhuma conseqüência, só o debate, as experiências, os argumentos e a visão de cada um, interessante porque nada resultante, o argentino preocupado com o dedo da CIA que via em tudo, eu dando apoio a ele, e o português meio por fora do tema, mas fino, numa linguagem alta, criando outros mundos perfeitos, cada português é um escritor fino na linguagem. Eu teria ficado mais uns dias, até o fim do Fórum pelo menos, gosto de Porto Alegre, uma das cidades mais nítidas do Brasil, mas no dia seguinte era o meu aniversário, e muito especial, estava fazendo 60 anos.

O encontro com o português da tal mesa teve o desdobramento venturoso que quero contar, combinamos ali a viagem que é o principal tema deste conto, sua narrativa-objeto. Foi desdobramento provocado por mim, por conta de afinidades conferidas durante um almoço para o qual o convidei, formalmente, como fazem os portugueses finos. Afinidades no gosto pela literatura, no hábito de escrever contos, histórias curtas, na antiga admiração que trago pela literatura portuguesa, onde se concentrou todo o talento artístico daquele povo impetuoso e amoroso, o talento faltante na pintura, na dança e na música, apesar dos encantos do fado. Afinidades na política, sendo ele um socialista como eu, inconformado com o recuo da social-democracia que recende a traição, perplexo como eu no tocante à maneira, aos caminhos da esquerda para enfrentar o *Mercado*, ele que tinha vivido anos na África e participado da revolução angolana. Almoço de vinho nobre e conversa densa, resultando um manifesto dele, unilateral, de iniciativa própria, não estimulada por mim, incitada talvez pelo vinho, de promover um lançamento dos meus livros em Portugal, através de uma livraria antiga e famosa, logo qual, a Lello, do Porto, regozijo meu, com a qual ele tinha antigas e aparentadas relações. Quero relatar todo esse rico e venturoso desdobramento, que custou a se materializar, mais de dois anos, preterido no tempo por outros acontecimentos que me sinto compelido a referir com precedência, não apenas pela questão da anterioridade, mas principalmente pela importância que tiveram sobre o meu metabolismo vital, minha energização de corpo vivo, minha libido, minha motivação pelas coisas, para escrever este conto por exemplo, minha emoção no mundo, minha própria filosofia.

Não estou embrulhando tudo, não, mas quero antes contar o seguinte: houve a festa naquele dia seguinte; idéia e iniciativa de Amanda, já não brigávamos mais, 35 anos de casados, havia concordância quase sempre, e se eu dizia que era o auge, o 60, então havia que festejá-lo.

A festa. É uma janela que se abre, suspendendo o cotidiano, suas proibições, e a gente pula por ela alegremente dentro do salão. A festa é completamente pagã, a maior festa do mundo é o carnaval do Rio, que tem laços ancestrais com deuses da antiguidade que desceram do Olimpo e escolheram o trópico ao sul do equador. Só o falar da festa, o pensar nela, cria expectativas — diz o ditado que é o melhor delas, não sei bem se concordo, depende (no caso, foi). O fato é que há o fim-de-festa, quando a luz se apaga, o povo some, e a noite esfria.

Mas vamos ao meu caso. Foi no salão de um hotel na praia do Leblon, um jantar para umas cinqüenta ou sessenta pessoas, os amigos e parentes mais próximos, música e dança depois do jantar. A dança é um impulso que entra pela alma. Por quê? A dança envolve, induz, obriga ao movimento animoso, expressivo, a dança é a expressão mais total do corpo humano, a expressão mais antiga do ser humano, primitiva, evolutiva, hoje sofisticada, expressão que brota espontânea do espírito humano, que vai do homem ao divino em evolução, tem a ver com a música, é movimento, é tempo organizado, é vida sobretudo, e eu me meti a dançar, não só porque tinha bebido um bom vinho, mas também porque adoro dançar, e danço bem, como canto bem, tenho o sentido da música, sou músico frustrado, dançarino instintivo, e meti-me então a me mostrar, ali na festa do auge, 60 anos, pedi uma valsa bem vienense, a dança ocidental é a valsa, não foi superada, puseram Franz Lehar, *Ouro e prata*, bela, cristalina, dancei com Amanda sob olhares totais, tentei voar pelo salão, espraiar-me, várias vezes me alcei, mas Amanda não era leve como eu, ia e vinha mas não era vienense, dançamos até o fim, houve aplausos, mas ficou faltando o gole do júbilo, o selo do auge. Então pedi um samba, a dança mestiça é o samba, século XX, puseram um clássico de Ataulfo Alves, coisa do meu gosto, e eu tirei Sofia, mulher de um velho amigo que tem o sopro da bailarina. E saímos, oh, todos olhando, eu confiante no meu talento e embalando na emoção da música: em dois minutos cheguei ao auge, aquela velha agilidade no ritmo preciso, o corpo todo era a marcação, e Sofia, uma ave dócil nas minhas mãos, era o auge mesmo quando o joelho me faltou, oh, o direito, no tempo da música, na precisão do impulso necessário, o corpo não era mais o mesmo, músculos surrados, e tinha um peso a mais, e veio a falta, e logo a dor pungente, insuportável, parei, manquei até a primeira cadeira sob lamentos de todo o salão. Eu já vira uma cena assim, no hipódromo, um alazão resplandecente ao sol em atropelada final, a dominar o que lhe ia à frente, os olhos enormes saltando em fúria, e no repente o manquejamento em três pernas, a cabeça para baixo, o jóquei atônito.

Fiz uma lesão extensa no ligamento cruzado anterior, que articula a frente da tíbia com a parte de trás do fêmur, ligamento obrigatório e decisivo, apesar de nem sabermos que ele existe; o joelho é assim, a articulação mais complexa e importante do corpo humano.

Após seis meses de dor em ida e vinda, inchaço, vermelhidão, antiinflamatórios, bálsamos, desânimo intermitente e depois constante, impossibilidade de caminhar, de nadar, falta de sol e de ar, depressão, resolvi entregar-me à cirurgia. Mais três meses de recuperação ansiosa, com antiinflamatórios. Fiz uma úlcera no duodeno. Tratei. Nada de vinho. Merda. E a minha projetada viagem a Portugal, cheia de vinhos. Calendas. Aprofundou-se então a minha depressão, que atingiu com certeza o sistema imunológico. Fiz um linfoma no mediastino. Tive que suportar quatro meses de quimioterapia. Inclinou-se bem mais para baixo o talude da ladeira azeitada que eu descia. Ia do auge à morte em deslizamento acelerado.

Foi quando descobri a prática do destempo de que falei, profundamente curativa: parar completamente, desligar tudo e deixar atuarem apenas as forças internas do bem, as imunidades, autonomamente. E descobri também o que estava obviamente à minha frente sem que eu visse, a lei inexorável da condenação, acoplada à importância do todo. Não foi estalo num dia de meditação, nada de revelação instantânea, mas algo que brotou muito lentamente, como brotam as plantas, em processo que não se vê acontecer, vê-se o acontecido. Havia muito pensava e acumulava leituras, Spinoza, Hegel e Teillard de Chardin, desde muito tempo, Comte-Sponville e Luc Ferry recentemente, e o puro acaso de Darwin nunca me convenceu, a dialética entre o acaso e a própria força criada agindo sobre o meio, sim, um pouco mais, porém, ainda assim, sempre me pareceu faltar uma certa transcendência organizadora dessas forças, desde essa forma mais elementar de amor que mantém o elétron girando em torno do núcleo no átomo de hidrogênio. Deus me livre desse Criador que fez tudo em seis dias, e que quer ser adorado e glorificado em todos os tempos tal qual o mais imaturo e ambicioso dos homens, e que condena às maiores crueldades os que não o fazem. Deus me livre dessa figura odienta que se diz misericordiosa, se vier, como diz, para nos julgar implacavelmente no dia final, Deus me livre. Mas creio numa transcendência doce e paciente que vem aí pelos bilênios favorecendo encontros milagrosos entre partículas e seres que se envolvem em formas de amor, e criando vida e mais vida, em milhões de passos errados que se desfazem e passos certos que se plantam e desenvolvem, oh, eu creio, até chegar às faculdades inacreditáveis da razão, ao *homo amorificus*, e daí começar uma nova filogênese, que deve estar em curso, uma sublimação do nosso caráter que mostrará sua face daqui a cinqüenta ou cem mil anos, oh, eu creio nesse aperfeiçoamento da humanidade, que, isso sim, dá sentido às nossas vidas. Fui descobrindo, e desdobrando, a lei da condenação, que é lei divina, que manda isso: trabalhar cada um nesse avanço nanométrico da humanidade. Então, o velho provérbio chinês se explica por si mesmo: ter filhos para cultivar a humanidade, plantar árvores para melhorar o planeta, e escrever livros para amadurar o *homo*.

Eis o que acho ser a felicidade: essa crença, especialmente o ânimo dessa crença e o seu trabalho. É racionalização, sim, para enfrentar o medo de morrer, mas e daí? Vale: já que tenho de morrer, creio, e vou tocando nessa pauta, filhos, árvores e livros, Ave-Maria, cheia de graças.

Filhos, bem, a graça, nada mais a dizer.

A árvore ensina a vida e a serenidade (gelassenheit), extrai a vida dos elementos simples desde os gregos, a terra, a água, o sol (fogo) e o ar; a árvore abriga a vida, e oferece a vida em suas flores, seus órgãos genitais, a árvore ensina o aguardo e a maturidade, fabrica oxigênio puro; combina os princípios da vida: a molécula organizada de proteína e a vontade transcendental, na busca das alturas.

E a política faz parte dessa faina, é do capítulo dos livros, junto com a filosofia, como os comportamentos em geral, os traçados da ética, que abrem veios de claridade, ajudam a olhar e enxergar mais de cima. E, se falo de política, tenho de falar mais um pouco, não em completude, mas em perspectiva algo mais funda e mais larga, panorâmica. Fico devendo o Portugal, a livraria Lello do Porto, as Cabeceiras do Basto e a emoção de Braga junto com meu amigo português angolano. Logo depois.

A política mostra a estrutura invisível da sociedade, falo daquela dita democrática, que agora é, infelizmente, capitalista e competitiva, a política mostra em claro e em escuro os interesses e as hipocrisias, o sangue do sistema, que é o dinheiro. E dá vontades estranhas, a política, como a de apoiar os bandidos traficantes, os únicos que desafiam o poder dos brancos e dos bancos. Isso quando você vê, enxerga, os gigantescos mecanismos de roubo legal, dito ético, maquinismos aprovados pela mídia e, por conseguinte, por todo mundo: a mais-valia sem conta que sai sutilmente dos salários, e as somas bilionárias arrecadadas compulsoriamente do povo e transferidas para os endinheirados, aplicadores, financistas e banqueiros, todos brancos, pela via dos juros da dívida pública, sendo os responsáveis por essas manobras, no Banco Central e no Ministério da Fazenda, aplaudidos, considerados gente séria e competente. Só a política desvenda esta visão crítica e ética que faz enxergar com limpidez o roubo legal; se você não tem a política, pensa que tudo isso é ciência e realidade imutável, que tem de ser assim mesmo, que não tem outro jeito senão acatar o *Mercado*, que é a democracia.

Ajuda, sim, a política, a ver e a enxergar, mas não tanto a mudar, o que é realmente frustrante. Mudar é muito mais difícil, é processo quase sempre tão lento que imperceptível. O Brasil mudou muito no curso dos trinta anos que correram dos cinqüenta aos oitenta dos mil e novecentos, eu vi, mudaram as cidades e as estradas, fizeram-se muitas fábricas, o Brasil todo chegou para dentro, para o Oeste, e, ultimamente, mudou muito a lavoura, o deserto do cerrado ficou verde; mas as diferenças entre brasileiros, isso que constitui nossa doença, essas diferenças não mudaram, quiçá se aprofundaram e se alargaram; tornaram-se muito mais gritantes com a democracia, que prometia reduzi-las. O negro, por exemplo, que deveria ser o dono, porque foi o único verdadeiramente capaz de desbravar e cultivar o Brasil, plantar e colher, tinha força e saber para fazê-lo — o índio não o fizera —, o negro devia ser o dono, e, no entanto, meu Deus. A política mostra isso, a pessoa necessariamente tem que ver nas campanhas que faz, desde que não tenha muito dinheiro para comprar os votos sem precisar fazer campanha.

"O negro é raça inferior" — durante décadas, os intérpretes brancos do Brasil disseram tal barbaridade sustentados na ciência, essa mesma ciência que diz hoje que a economia tem de ser assim como é, tudo ao *Mercado*. O desmentido acabou vindo por completo, o racismo hoje não tem mais ciência nenhuma, mas não veio a mudança que se deveria seguir ao desmentido.

Chegaram aos milhões, os negros, pelos porões imundos de navios cheios, e foram ocupando a terra. Pensar que eram tão brutos que esqueciam a África, é mentira. Iam amando a nova terra que ocupavam e tratavam mas não esqueciam a antiga, de onde vinham: sempre que podiam, cantavam e dançavam pensando nela, nos seus príncipes, nas suas divindades, com o seu cerimonial, e assim foram fazendo a nossa música.

Foram escravos, mas não foram eles, os negros, que atrasaram o Brasil. O que atrasou o Brasil foi a escravidão, foi o sistema, como hoje é o *Mercado*, e não os excluídos dele. A escravidão atrasou-nos em mais de um século o desenvolvimento dos processos de organização e produção. Não só os processos de produção mas também os de convivência, os de cidadania, os processos de desenvolvimento moral, isso mesmo, desenvolvimento moral. A política mostra isso, que José Bonifácio e Joaquim Nabuco, grandes estadistas, assinalaram nos primórdios da vida pública brasileira.

Mas, apesar da escravidão, os negros fizeram o Brasil, sua extensão, sua produção, sua sensibilidade, sua música, sua filosofia, sua ética humana, um país bem diferente dos irmãos vizinhos da América Latina e do resto do mundo.

Havia uma elite possuidora e endinheirada — sempre houve. Que não pensava no país; pensava nas suas famílias e nas suas propriedades, e exigia a continuidade da escravidão, sempre com a ameaça do caos. E o negro foi fazendo o Brasil; o negro e depois o Estado, seus estadistas, como os dois que citei e alguns outros mais conservadores, como Caxias e Pedro II, mas também importantes, e finalmente Getúlio Vargas, o fundador do Estado Republicano. O Estado, sim; no Brasil, o Estado sempre teve a importância primordial, mesmo manipulado em favor dos donos do poder, como foi quase todo o tempo. A sociedade civil manteve o quanto pôde a escravidão, porque só pensa nos interesses particulares, não atinge o patamar de eticidade do Estado. Defendeu aquele sistema abominável como único possível, até o Estado aboli-lo num momento de rebeldia e lucidez. Hoje, a sociedade critica muita coisa, mas defende o *Mercado*, logo defende os bancos; nunca defendeu os negros.

Aliás, até a Revolução de Trinta, até Getulio Vargas, o maior estadista de nosso tempo, e a sociedade brasileira ainda não haviam reconhecido os pobres em geral, a maioria de negros, claro. Eles eram invisíveis, mesmo andando nas cidades. Os do interior, nem se fala, só muito raramente eram procurados, como na década de dez dos anos mil e novecentos, quando se organizaram várias expedições "científicas" lideradas por médicos ilustres, brancos, para conhecer o brasileiro do campo, o sertanejo, na sua miséria e na sua doença, curtidos mestiços de índios e negros.

Quando falo do negro, refiro-me ao negro mesmo, não tanto ao mulato, que já era um finório, ágil e esperto na sua lide urbana, metido nos interstícios da sociedade com algum reconhecimento nas elites; principalmente a mulata, apresentada como iguaria incomparável, beleza brotada da terra, oh, o Brasil. A política mostra isso tudo com muita nitidez. Só a política, que cuida do Estado, que faz o Estado.

A divisão hegeliana é muito esclarecedora: na família reina o amor; na sociedade civil mandam os direitos e os contratos, os interesses econômicos hegemônicos, o *Mercado*; só no âmbito do Estado emergem os conceitos da justiça social, da solidariedade e da ética pública (eticidade, como ele chamava), que a sociedade, na sua visão particular e imediatista, não quer considerar, e por isso luta sempre pelo Estado mínimo, gasto público mínimo, imposto mínimo, é só ler os jornais. Mas Lula está aí, mudando isso, construindo a terceira etapa do nosso projeto republicano, depois de Vargas e Kubitschek, Lula, retirante, mudando o Brasil, mudando o mundo.

POLÍTICA

Devo e quero muito viajar a Portugal, e contar os sucessos, os sucedidos na viagem literária, conforme o prometido, o declarado objeto deste conto. Entretanto, peço desculpas, tinha de dizer alguma coisa sobre a política, tão importante, e mais: tendo feito aquelas descobertas no campo da transcendência, às quais me referi antes de divagar sobre a política, sinto o vivo impulso de um pouco peregrinar sobre essas coisas que são tão decisivas, ou se tornaram para mim tão decisivas neste tempo. Cogitei muito, aliás, sobre a demora no atingi-las, sempre essa coisa do tempo. Por que não havia antes pensado com vagar, durante as décadas da maturidade, já não digo as da juventude; por que razões me havia sempre afastado daquelas reflexões tão essenciais que sempre estiveram postas à minha frente sem que eu visse? E vi que a causa tinha sido a ocupação errada do meu tempo, a dedicação integral às estratégias operacionais da vida, coisa que todos hoje fazem por força das engrenagens da organização capitalista, a competição neurótica e a comunicação falsa. Só nos mosteiros se escapa a essa compulsão. Não digo só; há os que pensam e constroem seus próprios mosteiros de pensamento, conheci alguns, são poucos, dedicam-se à filosofia, ou à literatura em profundidade, o ato de ler-escrever como ocupação. Fora esses casos raros, só um abalo sério nas forças da vitalidade, como o que eu tive, pode sacudir e abrir as janelas para a visão, mesmo que brumosa, da condição de condenado e da possível e necessária relação construtiva do homem com o todo enorme que o contém.

Não era assim antigamente: as pessoas desde cedo se relacionavam com a figura da morte, que estava ali, dentro de casa, morria muito jovem, menino, de tuberculose, de pneumonia, de tifo, de tétano, mas a religião amparava o desespero. A ciência cresceu, entretanto, veio com antibióticos, vacinas, dissolveu a religião e esticou a vida, jogou a morte para um horizonte impresumível. Deixou o ser-aí desamparado de suas crenças essenciais, mas criou os ritmos frenéticos do dia-a-dia para distraí-lo, aliená-lo da questão do fim do ser, a questão da vida e da morte.

No início do processo, na passagem dos séculos XIX para o XX, a ciência atingiu sua maior glória, implodiu os velhos edifícios, mas criou novas referências que pareciam sólidas, cheias de verdades novas, densas e brilhantes nas três grandes divisões do mundo humano; na política, na psicologia (no comportamento humano) e na ciência física. Gênios, três judeus de língua alemã (coincidência?), Marx, Freud e Einstein, descobriram verdades novas, antes invisíveis e insuspeitadas, que mudaram o mundo. O século XX foi planetariamente revolucionário na primeira metade e gloriosamente progressista na segunda. Entretanto, ao fim dos mil e novecentos, aquelas verdades novas estavam velhas, e as referências que haviam constituído caíram num imenso lago de relativismo absoluto. Haviam derrocado as milenares construções religiosas e não deixaram nada no lugar. Só a medicina prosseguiu seu trabalho sem hesitações, curando e envelhecendo a humanidade.

Pois a vida dos velhos, ora, é a que não tem aqueles transportes da competição desenfreada, do divertimento, da alienação sob mil formatos. É silenciosa como a casa dos velhos, tão diferente da buliçosa casa dos moços com crianças à volta. Então, a presença da morte retorna como uma aragem gentil da natureza; entra mesmo pelas frestas se as janelas lhe são fechadas. Obriga ao diálogo sobre os seus vários significados: sobre o tempo, sobre a tumba, sobre as cinzas, os antepassados, sobre o é e o foi, o que não será; o ser-aí é ser-agora e logo não-mais-ser. E fica a debater-se contra o sentido que parece inquestionável do materialismo que campeia por todas as ciências e filosofias relativistas do século XXI: aquele finalmente cético, que não crê em nenhuma manifestação do espírito que não se origine na matéria organizada e não se finde com ela.

Puxa!

Há outros sentidos mais estreitos do materialismo que podem ser repelidos. Por exemplo, o sentido determinista, que quer todas as manifestações da vontade e do espírito determinadas por condicionamentos materiais — econômicos, físicos, ambientais, genéticos. Há, aí, um veio novo, que é essa neurobiologia, que esmiúça, esmiúça os circuitos nervosos, e ninguém sabe aonde vai chegar. Mas o fato é que a liberdade intrínseca do *homo* conseguiu sobreviver aos gênios brilhantes de Marx e de Freud, e a todos os ataques contundentes que se desdobraram a partir deles.

É evidente que condicionamentos existem, e até muito fortes, mas condicionamento não é determinismo. É evidente que ser humano que nasceu e cresceu num ambiente familiar de carências e violências, materiais e afetivas, e que não teve formação cultural mínima para compreender os valores da nossa civilização, não pode ser responsabilizado por atos e atitudes que classificamos entre nós de criminosos; como não são imputáveis perante a nossa lei os índios e os menores. Como tratar então a horda de sem-família, sem-escola, sem-teto, sem-trabalho, sem-comida, sem-amor, sem-respeito, sem-reconhecimento que inunda nossas cidades num crescendo? Bem, essa questão é política, não é filosófica. Os partidos de esquerda estão enrolados em torno dela e ainda não conseguiram encontrar o seu novo caminho, depois que a Revolução ficou inviável, e o *Mercado* passou a reinar absoluto. Ainda não descobriram, eu acho, que a questão de fundo está na escolha entre o modelo competitivo e o modelo cooperativo, e que o melhor talvez esteja num misto entre eles, onde o *Mercado* abra espaço à competição, mas o Estado regulamente tal competição através de um planejamento que instaure a cooperação e o respeito a certas regras humanísticas de interesse das coletividades, inclusive com transferências explícitas de renda e patrimônio. Vejo Lula aí. Desculpem, já estou de novo na política. Volto à filosofia.

Outro sentido do materialismo que dá para rebater é aquele que nega qualquer hipótese de transcendência nos processos da natureza e na existência do homem no mundo; o darwinismo às últimas conseqüências, que põe no acaso toda a evolução da vida no planeta, uma sucessão de bilhões ou trilhões de randômicas combinações de partículas de matéria, poucas exitosas na selva competitiva. Eu não creio nisso, já disse antes; quero ver um certo "propósito" em todo esse milenar desdobrar de filogêneses improbabilíssimas. Creio mais numa natureza que "pensa", como queria Spinoza (também judeu); como queria também Einstein, que dizia "Deus não joga dados".

Por isso, por "ver" essa transcendência, não me considero um materialista no sentido que se emprega correntemente nesse debate. Sentido filosófico, quero considerar aqui, porque há ainda um outro sentido, vulgar, daqueles que amam somente os chamados valores materiais da vida, sua única crença: os que praticam o materialismo vil, que eu nem quero levar em conta.

Vício de velhice, saudosismo de antiquário, pode ser, apegos de covardia, recurso de condenado, tudo isso pode ser, reconheço que pode ter um pé de verdade esse tipo de classificação deste meu modo de ver; mas há outro pé que se sustenta na razão; justamente a razão dos que buscam o aperfeiçoamento do mundo, lutam por isso, o que também é razão, e que é capaz de dar algum sentido à nossa vida. É o outro caminho da bifurcação filosófica, aquele que não é o puramente materialista, o que chamo também de cínico, o que nega não apenas a religião como ela é apresentada, mas também a própria filosofia, transformando-a toda em analítica da linguagem, e nega ainda a política, que passa a ser meramente uma operação cien-

tífico-maquiavélica de poder, sem nenhuma proposição ou mesmo hipótese de mudança substancial, estrutural.
É isso aí.

E por isso eu continuo, condenado, consciente da condenação no dia-a-dia, medito e trabalho, encontro razões para ir até o fim em atitude construtiva, o fim de todos. Claro que ainda busco prazeres, como fazem os jovens; olho com mais deleite e mais apreciação as mulheres bonitas. As portuguesas são mulheres de uma qualidade estética e sensual insuperáveis. O contraste entre a palidez luminosa, lunar, da pele e o negro brilhante, solar, dos olhos e dos cabelos sedosos é típico das mulheres daquela terra dos navegantes arrojados que desvendaram a máquina do mundo nos mil e quatrocentos e quinhentos. Estou querendo contar o mês que passei de Lisboa a Viana do Castelo, já disse, e logo o farei, é mesmo o propósito deste conto. Uma viagem dessas, feita na perspectiva de um condenado, e com um fino cicerone, tem outro grau de fruição.

Mas, já que louvei a beleza feminina lusitana, sinto-me levado a confessar uma das fantasias mais emocionantes da minha adolescência-juventude: era um esmerado bordel de senhoras portuguesas, não moças, mas senhoras, jovens senhoras casadas, elegantemente vestidas, vestido ou costume bem talhado, meias, salto alto e até chapéu, uso daquele tempo, que desfilavam com apuro e seriedade ante o cliente, porte elevado, estando a elegância associada a essa linha de esbelteza e altitude longe de ser magreza. Belíssimas e tão sofisticadas que resistiam levemente às iniciativas de despi-las, sendo o conjunto desses gestos, de retirar-lhes, uma a uma, as peças do vestuário, um dos principais, isto é, verdadeiramente, o principal gozo daqueles encontros de amor, beijando-as em cada parte despida, com certo amuo de pudor da parte delas, as partes alvas aparecendo pouco a pouco, emocionantemente, o máximo na retirada das meias, difícil era conter o orgasmo. Por vezes, sendo ela de rara beleza, o simples tirar-lhe o chapéu e o véu que o acompanhava, e beijá-la com ternura profunda, nas faces e na boca, já provocava o derramamento e o prazer final incontenível.

Por que senhoras portuguesas nessa quimera, e não a bobagem tão comum do rendez-vous de normalistas, virgens, naquele tempo, que deixavam fazer tudo menos o defloramento? Entende-se a atração pelas normalistas, meninas-moças, uniformizadinhas, as saias deixando ver os joelhos, blusinhas justas, em grupos alegres, vivazes, estuantes — fantasia-padrão mais tarde transferida para as aeromoças, selecionadas pela beleza nas primeiras décadas da aviação comercial, também uniformizadas com apuro de feminilidade. Mas por que senhoras portuguesas? Não sei; talvez pela referência de minha mãe na exaltação da elegância e da nobreza das portuguesas de certa fidalguia. O amor altivo de marquesas e condessas foi para mim, na juventude, um fascínio sexual.

Fantasias de meninice, mocidade. Num parêntesis que abro, falo de outra extravagância imaginativa que só muito recentemente conheci, lendo o grande escritor japonês Kawabata, devaneio muito mais excitante na pós-maturidade, que é a casa da bela adormecida — a casa de uma senhora que aluga, por uma soma elevada, numa noite, um quarto com uma cama de casal onde dorme narcotizada, inteiramente inerte mas cheia de calor vital, uma linda moça entregue ao talante do cliente, à sua imaginação, no que concerne ao aproveitamento carinhoso por inteiro daquele corpo vivo, jovem e belo, vedado, naturalmente, o ato normal, a penetração sexual na garota.

Fecho este parêntesis envergonhado, repelindo tal divagação, que aliás não tem nada que ver com os encantos da viagem que fiz para o lançamento de um romance na livraria Lello, objeto fundamental deste conto. Aliás, ainda na casa das lembranças, lembro-me bem, de menino, do dicionário enciclopédico, acho que único em língua portuguesa naqueles anos 1930, o *Lello universal*, em quatro ou cinco volumes, não estou bem certo, de capa preta, dura, e papel cuchê, com ilustrações em certos verbetes, uma atração inesgotável de se percorrer página por página naqueles tempos mais felizes, sem televisão.

Lembro-me também de escutar, menino, uma discussão entre dois amigos de meu pai, um que defendia Ruy Barbosa como a figura mais importante da literatura brasileira, o outro escolhendo Castro Alves pela pureza espontânea do gênio poético e alegando, em detrimento do seu adversário, que Ruy Barbosa na verdade era um chato, como veio a dizer depois Lord Keynes, o chato de Haya, sem nenhuma inspiração, só leitura e leitura, sem originalidade, era um homem que lia dicionário. Aquele argumento me atingiu fundo, porque eu gostava de ler dicionário, justamente o *Lello*. Mais tarde, no colégio, vim a conhecer o Wagner, que andava com um *Dicionário do povo* debaixo do braço, sempre pronto a fazer uma aposta com quem quisesse: abrisse qualquer página do dicionário, na sorte, e escolhesse qualquer palavra daquela página; ele, Wagner, diria o significado; se dissesse certo receberia um cruzeiro do apostador, se errasse pagaria um cruzeiro. E o Wagner sempre acertava, ele decorava o dicionário, e era visto como gênio por isso. Como Ruy Barbosa, com toda razão.

Esse mesmo Wagner, que recitava muitas estrofes dos *Lusíadas* e sonetos líricos de Camões, era tido no colégio como homossexual, porque tinha um jeito meio aveadado de falar e nunca participava de conversas de mulher: fez carreira no Itamarati e serviu em várias embaixadas na África, onde era sempre bem recebido, porque se tinha casado com uma negra, alta e bonita, que fora empregada na casa de sua mãe. Depois dos cinqüenta, com filhos já formados, foi servir, em final de carreira, no Porto, como cônsul-geral, e lá se apaixonou de tal maneira por uma portuguesa vinte anos mais moça, daquele tipo a que me referi, pele clara e cabelos bem pretos, olhos também negros, que largou a mulher antiga, ora, que coisa, e foi viver com ela. Contava que ficara completamente fascinado à primeira vista e recitava para ela: "quando eu, senhora, em vós os olhos ponho..." Aposentou-se e ficou morando com ela no Porto, encontrei-o lá quando fazia minha viagem. Estava gordo, mas não muito envelhecido, sabia de todos os bons vinhos portugueses. E nos dez anos anteriores havia se dedicado à poesia de Sá de Miranda e era chamado a fazer palestras para estudantes sobre o poeta. Conhecia na verdade todos os poetas portugueses e ainda desfrutava da memória que o havia consagrado no colégio. Recitou muito para nós, bebendo vinho e fumando — em Portugal ainda se fuma. Lembro-me que, logo no início da viagem, estava eu em Lisboa, tomando um café numa mesa na calçada e pedi ao garçom um cinzeiro. Tive como resposta que jogasse a cinza e o cigarro no chão mesmo, na calçada, que eu estava em Portugal e não na Suíça. E então me contou, o garçom, adicionando ilustração, que um amigo resolvera trabalhar e morar na Suíça, e certa vez cuspira no chão, na rua, sendo preso por isso e advertido severamente de que não o tornasse a fazer. Passados alguns meses, esquecido o incidente, inadvertidamente tornara a cuspir na rua, e então havia sido sumariamente expulso da Suíça como reincidente. As palavras do garçom tinham o tom de alacridade de quem celebrava uma liberdade importante para a vida feliz, que ele sabia que se tinha também no Brasil. Disse, mais, que aquele amigo contava que na Suíça havia uma quantidade enorme de suicídios, além de se usar muita droga; nos aeroportos, o adventício deparava logo com enormes cães farejadores contidos por louros guardas gigantescos, aquela preocupação grande deles com as drogas, coisa que em Portugal se usava pouco, por haver felicidade, no juízo do garçom. De repente entrei a contar adiantadamente coisas da viagem. Não devo fazê-lo; quero desenrolar a narrativa ordenadamente, com princípio, meio e fim. Entretanto. Sem o querer, falei em felicidade.

E vem logo, inevitavelmente, a pergunta: e o que é felicidade? Lá vou eu divagar mais uma vez sem narrar a viagem, mas é importante, desculpem, é muito importante. Li, faz pouco, um livro de um professor americano chamado McMahon sobre a história da idéia de felicidade — muito interessante. Vá lá que todo mundo saiba sem precisar defini-la. Mas como se obtém a felicidade? Há a felicidade instantânea, infantil, festiva, de um desejo satisfeito, e a felicidade duradoura, que é calma e resistente, quase resignada, não é exaltada. Há a felicidade que é inata, que está dentro dos abençoados, e aquela conquistada duramente e depois solidificada. Oh, quanta coisa para investigar e meditar sobre esse tema interminável. Os ingleses, filósofos das coisas reais e do pragmatismo, ocuparam-se dele com esmero e persistência — Thomas Hobson, Adam Smith, Jeremias Bentham, Stuart Mill, Bertrand Russel, até o Richard Layard, o Bentham de hoje. E quem disse que portugueses são mais felizes que suíços? Acho até que são ambos razoavelmente felizes, cada um ao seu jeito, pelo menos não tão neuróticos na competição como os americanos, que trabalham mais que todos, só para consumir, ter as coisas boas da vida deles, o melhor monitor de televisão, o celular mais moderno. Mas realmente não sei, nem eu nem ninguém; não acredito muito nas medições pretensamente científicas da neurofisiologia, dos impulsos elétricos do hemisfério esquerdo, essa coisa toda. Creio mais no antigo Aristóteles: feliz é o cidadão ético, o ser humano responsável em relação à comunidade, reconhecido e satisfeito por isso mesmo, sem precisar da glória nem do poder, sem precisar vencer os outros, destacar-se, ganhar mais para ter mais e mostrar este mais. Um certo reconhecimento desses outros, claro, é realmente importante, é decisivo mesmo; o *homo* é o ser que luta pelo reconhecimento dos seus semelhantes. E vai por aí. É sempre bom de pensar e repensar, discutir essa coisa sempre novamente, discutir constantemente, recorrentemente, a felicidade aqui na terra mesmo, sem contar com o lote no céu nem com as virgens para deflorar no paraíso. É discutindo esses temas que o mundo melhora e a humanidade avança, aperfeiçoa-se, e cumpre a vontade de Deus.

Entretanto, é possível imaginar, como caso real, aquele de uma pessoa idosa e feliz que, ao final, vê morrer num acidente pessoas de sua vida, partes maiores de sua vida, e sofre essa infelicidade aguda, essa dor absoluta, que põe por terra toda a sólida ventura construída durante todo o tempo. A fatalidade realmente existe, um fator a mais, completamente imponderável e irresponsável — Deus não tem nada a ver com isso —, e por isso Aristóteles dizia que só ao morrer um homem pode afirmar que foi feliz.

Mas, sim, e a felicidade? E as condições da felicidade? Eu queria muito contar, por fora e por dentro, a história de um desses menininhos escurinhos, espertinhos, franzinos, sujinhos, que vivem nas ruas do Rio, ignorados ou perseguidos, passando por momentos de dissabor dolorido, que os fazem colocar a mãozinha sobre os olhos para esconder o choro, como na comovente foto da capa de um livro de Lígia Costa Leite. Falo em felicidade e penso neles. Queria muito, por amor, poder captar e descrever em palavras os sentimentos que se encadeiam na pequena alma desses meninos e meninas ao longo dos dias e das noites na convivência com os outros, todos vindos de longe, para aquele encontro de emancipação. Mas para isso é preciso viver com eles. Só sei que, apesar de tudo por que passam, das carências da fome às do abandono e do desprezo, da violência sempre presente, eles repudiam, mais que tudo, o recolhimento forçado. Pode ser uma instituição bondosa que lhes dá casa e comida, mas, bondosa, lhes retira a liberdade, a cara liberdade, solar, que lhes parece tão decisiva quanto o ar que respiram. É o ver o mundo, o espetáculo do mundo em 24 horas, que eles têm diariamente, e o fazer qualquer coisa que queiram sem dinheiro, o brincar e o brigar entre eles se revezando, o amar quando grandinhos, tudo sem a presença de autoridade, autoridade, coatora, mesmo caridosa, sempre opressora, pai, mãe ou qualquer outra, fazer isso tudo, tudo da vida, espojando-se no mundo, com regras morais, sim, eles têm as deles, do grupo, pois onde há seres humanos em grupo — e só há ser humano em grupo — há regras morais. É a vida mais pura de presente que se conhece; só o presente, rejeitada a consideração do passado, tantas vezes tortuoso, tormentoso, e completamente desnecessária a projeção de futuro. Eu realmente queria escrever, contar sobre essas vidas, mas sei que é impossível sem viver com eles, junto com eles, por um bom tempo. E assim desisto, e passo a contar a viagem a Portugal que eu mesmo vivi.

    Antes, porém, para que não me esqueça, quero falar de um sonho meu muito importante, faz parte da minha felicidade falar dele. Não é um velho sonho, porque eu não o tinha nos muitos anos da maturidade, enquanto estava na competição, muito menos o tinha na juventude, na idade dos impulsos. Mas é um sonho caro, hoje. É sonho de quem já viu muito em correria e busca coisas de substância diferente, dessas de contemplar, de parar e reflexionar, coisas com estofo de afeição mais funda ao que é humano. A humanidade evolui — já falei da minha crença — e não evolui ao acaso, mas segundo um processo que tem propósito e transita em direção a algo sempre melhor. Que melhor? Mais razão e mais amor, mais delicadeza; por que não dizer, mais felicidade? O cérebro humano cresce frontalmente nessa direção: os que fazem ciência e acham que sabem de tudo descobrem genes do cérebro que não existiam quando o *homo* se formou, há cem mil anos, o que significa que esse cérebro será diferente — eu digo, será melhor, porque antes era pior — daqui a mais cem mil anos. A humanidade evolui para melhor, sim, e é dever colaborar, contribuir, trabalhar por.

O sonho que eu quero referir é morar numa casa — tem que ser numa casa, porque num apartamento a vizinhança não permitiria, o síndico vetaria —, uma casa na zona sul do Rio, porque lá é que vivem os meninos de rua, nos bairros onde tem mais gente rica, capaz de dar uns trocados ou de ser furtada numas notas. Morar numa casa e abri-la a meninos e meninas que vivem na rua e que poderiam, quando quisessem, quando sentissem vontade, entrar nela para dormir ou comer qualquer coisa que ali sempre haveria, um café com leite com pão e manteiga, um feijão com arroz, um picadinho, uma banana, ou uma laranja. E os que quisessem, e quando quisessem, teriam aulas em forma de conversa, aulas de fala e de outras coisas belas, de leitura, por exemplo, de escrita de expressão, e umas pequenas coisas de aritmética que se descobrem com alegria, e de história, também, história que conta a vida que foi, a vida bem contada é sempre interessante, história é política, coisas da vida do homem. E de música, ah, sim, pelo menos um instrumento, simples, ou o canto, para os ditosos, os que gostam de cantar. Eu moraria lá, e daríamos essas aulas, eu e minha mulher, e alguns amigos associados a essa quimera. Em Copacabana, em Ipanema, ou mesmo no Leblon, gosto mais de Copacabana, minha mocidade. Levando informação prazerosa e razão cristã a esses meninos, e trazendo deles, para nós e para o nosso mundo, tão diferente do deles, as informações e as razões deles. É claro que eles têm suas razões, fortes, e é claro que nós dificilmente as compreendemos, quando as percebemos, o que já é difícil, as razões da sua moral, sim, eles têm moral, eu já disse, as razões dos delitos, pequenos e crescentes, e do cinismo, visto pela ótica do nosso aprendizado, as meninas prestando pequenos serviços sexuais para tirar pragmaticamente um dinheirinho. E ali, no meio deles, com certeza, encontraríamos algumas dessas vocações doadas, menino ou menina que sabe fazer coisas surpreendentemente bonitas com as mãos, com a voz, com os passos, artistas, artesãos, como os que sempre existiram desde a idade da pedra, maravilhoso esse ser que aos poucos foi sendo humano. Um sonho de velho, não um velho sonho. Quem sabe ainda o realize. Eu busco a felicidade, que está nessas coisas, como pode estar em outras que não são nada incompatíveis com essas. Acho que é um dever essa busca, prazenteira, até o fim, falando de felicidade.

E eu conheço finais felizes em algumas dessas vidas iniciadas no meio da rua, a associação da Irmã Adma tem vários exemplos, eu acompanho. Quero escrever, um dia, não agora, aqui, já disse que desisti, que o objeto deste conto é a viagem a Portugal, mas um dia vou contar sobre um desses casos; por exemplo, um que se desenrolou ali no posto seis, em Copacabana. Eu morava perto e estava sempre por ali, conhecia alguns dos pescadores que tinham seus barcos — há coisa de 25 anos tinham ainda — postos sobre roletes na areia durante o dia, para saírem no meio da noite a pescar, e voltarem de manhãzinha em arrastões. E ali, ao lado do clube Marimbás, entre as pedras, cavado debaixo do muro do clube e da calçada, havia um vão, um buraco grande, onde já morava um grupo de meninos e meninas, naquele tempo passado que referi, umas sete ou oito crianças, e uma mulher desatinada, que era mãe de quatro delas e era mãe de todos. Um dia, essa mãe começou a vomitar sangue, foi levada para um hospital de emergência e nunca mais se soube dela. E o grupo ficou sendo liderado, naturalmente, por um menino de seus oito anos, moreninho magro e ágil, que não era filho da mulher que desaparecera, era fugido de casa em Belford Roxo, porque apanhava muito do padrasto, um menino que foi crescendo e formando uma figura bonita no porte e nas feições, na pele do rosto azeitonada, na fala de voz sonora e agradável, obra do ar marinho, da liberdade de se mover e da boa genética que trazia, quer dizer, da bênção que trazia, essa que se manifesta em dons, em sensibilidades e talentos. Não sei por que estou relatando essa história, quando disse que não ia contar, acho que é uma vontade que tem a ver com essa coisa da busca da felicidade que é dever do ser humano. Está ficando este meu conto muito fragmentado, mas prometo que logo retomo o fio e entro nas coisas de Portugal. Vou continuar e acabar depressinha esta história, é uma necessidade minha, um dia escreverei com mais detalhe um romance sobre ela.

    Beraldo era o nome do menino, e antes de fugir de casa tinha escutado de um homem cuja roupa era lavada pela mãe, e ele ia entregar, em Mesquita, um homem sério, de cara redonda, testa larga e olhos firmes, um homem que era professor, o professor Anselmo, tinha escutado dele uma admoestação, feita em timbre severo mas amigo, incitando-o a estudar, que era a condição de um menino formoso como ele ser homem de verdade e respeitado, considerado, de ser escutado pelo modo de falar, isso mesmo, tinha dito o professor Anselmo, o modo de falar é decisivo no quanto de ser escutado, e o modo de falar sério, distinto, acatado depende de ler e de escrever, só se adquire lendo e estudando. Ele, o professor Anselmo, era dono de um colégio em Mesquita, e disse que até matricularia Beraldo mesmo sem pagar nada, mas com o compromisso de não faltar nem um dia e estudar com afinco, tirar sempre notas boas. Dizia-se, mas era com certeza maledicência, dizia-se que o professor, que era solteiro, nunca tinha tido mulher na sua vida, aos quase 50 anos, dizia-se que gostava de meninos, especialmente meninos de feição agradável e corpinho bem formado como Beraldo, dizia-se que se afeiçoava e tratava esses meninos muito bem, punha-os em casa e ensinava-lhes com muito carinho, de tal forma que conseguiam depois ser aprovados no Pedro II, para onde os enviava. Não se sabe se cometia com eles sexualidades, nunca nenhum deles denunciou nada, e vários prosseguiram seus estudos, sempre procurando o professor de vez em quando, para um conselho. Então é porque reconheciam nele uma estação do bem, o que tamponava as maledicências. São histórias de contar. Mas o fato é que com Beraldo não se deu nada, ele não chegou a se valer da generosidade do professor, teve que fugir de Belford Roxo numa crise, não agüentava mais o padrasto.

Mas, bem, o que quero dizer é que Beraldo atraía, possuía uma bizarria infantil e natural, e atraía generalizadas simpatias, e, depois do professor, dois dos pescadores, que dividiam um barco e viam-no sempre por ali, chamaram-no para ir com eles, a partir do dia seguinte, e começar a aprender o mister do pescador, coisa que tinha fascínios, como tudo que é feito no mar, essa fonte inesgotável de atavismos, mistérios e belezas, queriam que os ajudasse na faina, que fosse um aprendiz.

Beraldo não podia recusar, fosse pela distinção do chamado, fosse pela atração da iniciação no ser homem, e logo homem do mar. Era irrecusável, mas era, ele sabia, um caminho que o desviaria da rota prescrita pelo professor Anselmo e que estava na sua cabeça como destino. Não disse sim logo, ficou tecendo pensamentos em busca de meios de compatibilizar, de não renunciar aos caminhos da dignidade que havia traçado, não desistir de estudar num colégio, matricular-se e ter diploma. Pensou, pensou, tinha engenho, e estabeleceu condição, ou melhor, duas condições: a primeira, que ele não ficaria para sempre preso àquela profissão; quando quisesse, depois que bem aprendesse as práticas do mar, poderia deixar as tarefas de terra e ingressar num colégio. E a segunda, bem, a segunda. É bela essa história, e verdadeira, por isso tenho de contá-la até o fim, ainda que depressinha, muito resumidamente, para não postergar demais o conto da viagem.

Havia no grupo, na meninada do socavão, a Berenice, uma menina mais ou menos da idade dele — ali ninguém tinha idade certa, dia, mês e ano. Berenice, a filha primeira da mãe desaparecida, era a preferida dele por causas diversas, das afinidades às atratividades. Pois bem, estipularia como segunda condição que eles, os pescadores, tratassem de pôr a menina no colégio como se fosse uma filha deles. Era uma condição que estabelecia para eles, e na verdade também para ela — já tinha falado no assunto com ela, tinha ouvido resposta negativa, que de jeito nenhum, nem pensasse naquilo, que a vida dela estava muito boa mas era ali mesmo na rua, nada de colégio, de professora, estudo, dever, o escambau. Então precisava tornar a coisa bem séria: ela tinha de ir à escola porque ele queria ir mas não podia, tinha de trabalhar, e ela iria para aprender e ensinar a ele o que tivesse aprendido, era a única maneira de ele aceitar aquele chamado do mar que era importante. E era o único jeito de convencê-la.

E então convenceu.

Era um jeito que ele tinha, dom, bênção, esse de saber escolher e aplicar estratégias que envolviam sentimentos dos outros para convencê-los a fazer coisas que de início rejeitavam. Sentimento, no caso, que era de afeição dela em relação a ele, sentimento que ele conhecia por gestos e instintos, não por confissão, sentimento que se desdobrava numa espécie de responsabilidade dela em relação à vida dele, comprometimento dela em relação às realizações da vida dele que ela compartilhava, tendo para si que a benquerença feminina exige naturalmente uma certa docilidade em relação às vontades masculinas. Eram namorados? Claro que não; essas explicitações só ocorrem depois do amadurecimento dos meios genitais, que nenhum dos dois havia ainda completado. Não eram namorados, mas teriam de sê-lo forçosamente em certo tempo, por força das gravitações a que estavam sujeitos, sendo ela, também, uma menina formosa no desenho do rosto e do resto do corpo, e da coincidência de gostos e anseios que se foi formando naquela convivência total que tinham um com o outro.

    Então foi assim, por instinto e por sensibilidade, por saber inato dele, foi assim que Berenice aceitou e ingressou na Escola Cocio Barcelos, uniformizadinha e apadrinhada nos cadernos e apetrechos pelos pescadores que seriam os mestres de Beraldo.

Quatro anos passaram. O tempo é uma percepção exclusivamente humana. Nenhum outro ser da natureza possui a noção de tempo, e hoje se sabe, graças a Einstein, que esse tempo dos homens não existe na natureza maior — o que existe nós não percebemos, só sabemos por notações matemáticas, essa coisa do espaço-tempo. Então é assim: dois, três, quatro anos, a gente sabe o que é porque é a própria vida da gente se desenrolando em fatos e feitos; naquela idade deles, a idade do crescimento, custa a passar esse tempo, mesmo no trem de nossos dias. Antigamente, quando não se tinha inventado o relógio mecânico que marca as horas e os minutos — uma das invenções mais importantes da história dos homens, cujo inventor não sei quem foi —, antigamente conhecia-se o ciclo dos dias e dos anos pelo sol e pela lua, havia calendários, outra invenção extraordinária sem inventor, mas não se media o tempo com o sentimento com que se mede hoje, não havia pressa, havia o relógio de sol, havia ampulhetas e clepsidras, o relógio de água, o tempo escoava mas não havia pressa, urgência, o tempo era a contagem do movimento e havia muito pouco movimento na vida do homem. Pois, mesmo não sendo mais antigamente, quatro anos era muita coisa de tempo naquela vida deles, Beraldo e Berenice, no Rio, no século XX, e eles ralaram muito naqueles anos de espera, que voaram na velocidade moderna. Custaram muito de vida e de espera para eles, e mudaram muita e definitiva coisa em seus espíritos e também em seus corpos, que então ficaram prontos para as missões da natureza.

 Berenice aprendeu muito, de cultura, de saber organizado, por isso falo dos espíritos, fez todo o primário com seriedade, com boas notas, e foi repassando, o quanto podia, para Beraldo, o que aprendia. Beraldo aprendeu a ler e a escrever, a fazer algumas contas, um pouco de história também, umas palavras de inglês. Um dia, esteve na escola um visitante que deu um caderno e uma canetinha a cada aluno, dizendo que era para estimular cada um a que começasse a escrever um diário, que aquilo era muito importante para melhorar o conhecimento da linguagem, melhorar a expressão de cada um, coisa muito valiosa não só para melhorar a vida, alargar as oportunidades de reconhecimento, mas também para registrar ali a vida, o tempo e a história de cada um, que é uma coisa muito preciosa para o ser humano, sua própria história. E também para melhorar a própria visão das coisas, enxergar a vida de um outro patamar, e ter mais chance de compreender acontecimentos e de ser feliz. Berenice contou, disse que era para escrever nem que fosse uma frase cada dia, relatando um feito ou descrevendo um sentimento, uma idéia, um projeto, qualquer coisa. Beraldo gostou e comprou para ele um caderno e também começou a fazer o seu diário. Foi pondo ali o que fazia e o que queria fazer um dia, e as coisas que aprendia.

Aprendeu tudo sobre peixes, sobre ventos e chuvas, sobre os movimentos do mar, sobre os barcos pequenos e suas redes, sobre os perigos que havia e às vezes tinham de enfrentar para trazer o peixe, e punha tudo no caderno, dia a dia, como um diário de bordo dos antigos navegadores.

Os homens, seus mestres, eram sábios e, como sábios, prudentes, toda noite escutavam o céu e os avisos aos navegantes, e por isso perigo bravo mesmo ele não passou nenhum, de tempestade muito grossa, de virar o barco, coisa assim que acontecia, embora raramente. Só uma vez, quando o motor pifou e eles ficaram quase cinco horas à deriva no escuro, até que apareceu uma traineira, já bem de manhã, sol acima do horizonte, e rebocou o barco. Tudo ele pôs ali no diário, sua vida.

Um dia, quase dois anos depois, escreveu no caderno "amo Berenice", assim mesmo, tinha beijado a moça e se considerou dali pra frente namorado dela, de compromisso. Escreveu meses depois, "tenho de casar com Berenice", assim, era o pensamento de que estavam muito grandes para continuar morando na rua; ademais, o grupo recebera, contra a vontade dele, mais dois molequinhos muito pequenos mas muito sem-vergonhas, ele não podia mais controlar a vida naquele socavão, tinha de arranjar uma casa pra eles, um quarto, um barraco, na Ladeira Tabajaras, onde moravam os pescadores, ele tinha um dinheiro guardado, não gastava nada, Berenice podia começar a trabalhar, ela até já concordava, não fazia mais questão daquela vida livre de menina sem nada, estava grande, era mulher, já tinha tido o sinal havia seis meses.

E casaram.

Não foi na igreja, não havia condições, nem de papéis, nem de vestido, nem de padrinhos, nada, não era preciso, não era sonho dela. Casaram pela vida mesmo, de morar juntos, no alto da Tabajaras

Está terminando a minha historinha piegas, oh, peço desculpas pela demora, por este meu impulso de narrar o bem, sempre tão improvável.

O casal passeava aos domingos pelo cemitério, gosto esquisito, talvez, mas evitavam a praia por isso ou por aquilo, ele já estava querendo largar aquela faina de pesca, Berenice dizia que ele cheirava a peixe, dizia que gostava mas ele não acreditava. Moravam ali em cima, no morro, e passeavam naquela calma aprazível, sob as árvores, entre os túmulos. Havia um com um anjo branco muito bonito, de feição extremosa e delicada, ajoelhado sobre uma laje preta, pedindo silêncio com o dedo indicador na boca; quando passaram, pararam de falar obedecendo ao anjo e ficaram olhando, a obra quando tem arte emociona, foi um impulso, parecia um chamado do bem, enquanto uma senhora, de pé, ao lado, rezava de cabeça baixa e vestido preto. Prosseguiram, e ela então voltou o rosto para eles e foi uma troca de simpatias de dois ou três segundos, um casalzinho cândido, uma senhora amena, ela não chegou a sorrir, nem eles, mas houve a troca de afabilidade no jeito de olhar, eles prosseguiram.

Por seis domingos, isso aconteceu, sempre lá a senhora de manhã rezando, sempre eles passando e admirando, o túmulo de mármore liso, aquele anjo branco ajoelhado, e a senhora, a viúva com certeza, e a troca de simpatias pelo olhar, depois um cumprimento, depois uma palavra sobre o morto, havia já cinco meses, depois uma palavra sobre a vida deles, a longa vida feliz do casal que a morte havia desfeito, era sempre assim, ela sabia, mas pranteava, tinham vivido quarenta anos juntos, primeiro em Juiz de Fora, depois no Rio, tinham filhos, mas moravam em Belo Horizonte, depois, naturalmente, outra palavra sobre o jovem casal que passeava pelo cemitério, um casal quase menino, bonito, não tinham ali parente nenhum não, é que moravam em cima do morro e gostavam daquele ambiente de paz que ajudava a pensar na vida com a esperança do bem, um casal de aparência muito doce.

No sétimo domingo, a senhora falou mais diretamente, ela os convidava a conhecerem sua casa, que era em Copacabana, na rua Dias da Rocha, um apartamento de três quartos, podiam fazer um lanche lá aquele domingo, um refrigerante e um bolo que ela fazia.

Foram. E ela então propôs: morava sozinha e achava que isso não era bom, uma velha sozinha, com algum patrimônio que o marido havia deixado, era sempre um convite a alguma maldade, ela tinha gostado deles, tão simpáticos e educados, deviam ter boas famílias, eles ficaram calados, concordando, mas sem mentir que sim, graças a Deus ela não perguntou mais sobre as famílias, só o casalzinho que eram os dois, ela, a moça, estudando, ele pescador, ambos falando direitinho, Berenice lembrou-se do que o homem dos cadernos havia dito, que quem escreve sempre acaba falando melhor, os dois falavam direitinho, principalmente Berenice, que além de escrever diário lia livros, a senhora tinha reconhecido, e também traziam a inocência no rosto e no jeito, passeando de mãos dadas como figuras de romance. Então ela propôs direto, eles podiam morar ali com ela, começar fazendo experiência, se não desse certo, falariam com franqueza, qualquer um podia falar sem ofender. Berenice fazendo as coisas da casa, não era muito, o apartamento era pequeno, bem, ela fazia questão de continuar no colégio, agora de tarde, já na sexta série, muito bem, muito bem, a senhora achava muito bom, podia perfeitamente, devia mesmo continuar, arrumava tudo de manhã e fazia o almoço, dava muito bem. Beraldo trabalhava de noite e de manhã, mas estava mesmo pensando em deixar a pesca, era um compromisso que havia estabelecido, podia ficar cuidando da venda da cooperativa e das tarefas de manutenção dos barcos e das redes que se faziam de dia. Ah, tinha sido obra daquele anjo, depois comentaram.

O Bem existe, acabaram pensando assim, existe e vaga disperso pelo mundo, é preciso só ter, ou criar, e cultivá-las, as aberturas capazes de captar suas vibrações e emanações, e compor o caráter, estofo e envoltório propícios do Bem, a aura da ventura que as pessoas carregam, que é a Graça de que falam as Escrituras, ou o destino do Bem, sobre o qual a humanidade sempre falou, aquele anjo lhes havia dito. Desde as mais antigas civilizações, as pessoas sempre souberam distinguir o Bem do Mal na relação com os outros, e no geral sempre sentiram prazer em buscar o Bem, a prova estava ali naquela senhora.

Mas vou contar sobre a viagem a Portugal, claro, é o meu principal propósito, só quero acabar num instantinho a história de Beraldo e Berenice, história piegas do Bem.

E ela acaba bem, claro, a historinha, com casamento e filhos, três filhos, uma menina e dois meninos, criados em casa com os pais, a casa que ficava na Ladeira Tabajaras, para onde eles voltaram anos depois, quando nasceu a menina, e que foi crescendo e melhorando na mão deles mesmos, e dos vizinhos, como acontece com as casas de favela, puxadinho daqui, laje dali para acomodar os rebentos da família. E quando isso acontece, a família permanecendo inteira, com pai em casa, falando sobre o certo e o errado junto com a mãe, cobrando deveres e desligando a televisão depois de certo tempo, quando isso acontece o final costuma ser feliz. Um desses filhos está estudando jornalismo e escreve muito direitinho; o outro, o mais velho, apegado à figura do pai, terminou o segundo grau e foi trabalhar na cooperativa. E a menina, ah, uma graça, tem os perfis e os movimentos de uma bailarina, é o destaque da turma da professora Ismênia.

Hoje, claro, há o tráfico na Tabajara, e a necessária convivência com ele, mas a população aprende a se proteger dos riscos, os chefes respeitam e há vida inteligente, vida digna ali misturada. E é essa vida inteligente que apóia e reforça os cuidados dos pais com relação a um possível atrevimento ou mero engraçamento do chefe, ou de qualquer chefete, direcionado para os encantos de uma menina bailarina. Uma vez, o próprio chefe ouviu de dona Lea, moradora de quase 60 anos, de sandálias havaianas, varizes nas pernas que a incomodavam muito, e olhar muito firme, líder por essência e por história, ouviu dela que se enxergasse e não ousasse, dito isso assim com seriedade e sem afetação, mas dedo levantado. Respeito. O exemplo costuma fazer.

São muitas as probabilidades do descaminho em relação à felicidade numa cidade grande; incluindo-se as possibilidades do acidente, da fatalidade da esquina. Mas a têmpera dos fortes, medianamente fortes, não necessariamente muito fortes, a têmpera muitas vezes nasce e se solidifica até nos socavões onde a vida também medra de forma improvável. Oh, o Rio de Janeiro que eu conheço, a sua gente, a beleza e o sentido da beleza.

A senhora, a viúva que rezava no túmulo do marido e que abrigou nosso casalzinho nos primeiros anos até nascer a menina, foi para Portugal. O falecido, era português, tinha feito aqui patrimônio de certo vulto no campo da pesca e da indústria de sardinhas, no tempo em que esse setor teve impulso no Rio, especialmente em São Gonçalo, onde tinha sua fábrica. E a viúva, ainda na casa dos 60, por insistência de uma cunhada, também viúva, com a qual se dava bem afetivamente, em cuja casa se hospedavam sempre que iam a Portugal no tempo de vida do marido, resolveu terminar lá seus dias, já que não tinha mais ninguém no Rio, ficava dependendo de viagens a Belo Horizonte, naquela convivência distante e arranhada pelas diferenças de entendimento. O casalzinho simpático, que tinha sido muito bom para ela, queria ter filhos e, com o nascimento do primeiro, uma menina, havia se mudado. Então, Portugal. Sua única preocupação era retirar os restos do marido quando fosse possível e transladá-los para Portugal, para junto dos pais e dos irmãos, junto aos quais ela mesma repousaria quando morresse. Então, Portugal.

É realmente uma terra encantadora, velho canto gentil do mundo, onde ficaram, no bem fundo, as nossas raízes. Terra santa, também, aprendi isso em menino, quando assisti a *Ceia dos cardeais*. E além do encanto e da santidade tem a gesta, incrustada no meio da sua história. Mas não vou falar sobre ela, não tenho a necessária estatura literária, o jogo de talentos para falar da gesta que Camões imortalizou, e que acabou dando na chegada ao Brasil, mas que, muito além do Brasil, foi ao mundo, descobriu todas as terras, da África e da Ásia, passou pelas Índias, Taprobana, Timor, e pela China, foi ao Xipango, incrível, levando a cruz e os missionários, com certa brutalidade, sim, é preciso confessar, mas com muita coragem também, vidas e vidas arrojadas aos perigos antecipados pelo velho do Restelo, milhares e milhares, mas também com enorme competência, uma preparação de muitas décadas, juntando o melhor da ciência e da tecnologia, e desenvolvendo-o com a grande inteligência portuguesa e a liderança competente do Infante, até conhecerem a máquina do mundo, mostrada ao Gama antes de qualquer mortal.

Dessa gesta não vou falar, mas dos encantos só, de Portugal, e assim mesmo, assim mesmo, é pouco o que tenho em expressividade na ponta do lápis para desenhá-los. A gente vai lá e recebe a seiva que vem das raízes, escuta os trinados e as harmonias do próprio vento, o ar lusitano, e aquilo tudo entra pelo físico, no corpo e no espírito, até a medula dos ossos e os estofos do coração, e fica como dito e assimilado sem precisar dizer.

Fizemos uma viagem verdadeiramente mágica pela restauração dos séculos, por caminhos que passavam até atrás de Aljubarrota, vimos e cheiramos aquilo tudo com avidez de alunos, crianças, com alegria de músicos cantantes. Nosso anfitrião, impecável na gentileza e na grandeza, escritor admirável.

A viagem. Foi assim. Muito vinho, o inimitável Barca Velha. Era o que eu queria contar.

CANTO FINAL

O Leste

O Leste é a África, nosso Oriente, temos tantas razões, de lá veio a energia que moveu a terra brasileira na primeira era, de lá veio o ritmo nosso junto com a sabedoria da alma, a nossa cor.

Do centro do Brasil à África passa-se pelo Rio de Janeiro; para chegar às praias da África, é preciso deixar as praias do Rio e seguir em frente, fundo mar adentro. Entretanto, o viajante pára, submetido a múltiplas e estranhas formas de magnetismo, nesse ponto fluminense do caminho. O Rio diz que fique o viajante, que aqui terá de tudo, e também terá de África. O Rio, aliás, já foi África, num certo tempo muito antigo do mundo, este nosso mundo que é cheio de tempo. Falo de um tempo que nem imaginamos, o do grande continente Gonduana, conhecido só de mapas virtuais. Descolou-se o Rio da África faz muito, mas guardou traços e veios na sua terra, memórias indizíveis daqueles tempos de antanhíssimo. E depois, mas muito depois, veio a gente da África que povoou suas ruas, falou, falou aqui suas línguas sonoras, cantou cantos de nostalgia e alegria, amou e deixou seus pés largos gravados na terra. E o Rio voltou a ser África, porque o branco mal saía às ruas, saía aqui, de chapéu largo, para cuspir no chão e entrar logo ali, com medo do sol forte. As brancas, nem falar, só para irem à missa aos domingos debaixo de imensos guarda-sóis. Os africanos, esses sim, andavam soltos, palravam, vendiam, brigavam, cantavam e dançavam nas ruas do Rio que eram deles.

O viajante vacila e então acaba ficando no Rio; é muito magnetismo, coisa forte. Diz-se das sereias de suas praias que são as mesmas do tempo de Ulisses, as mesmas que o fizeram amarrar-se no mastro para não sucumbir ao seu canto mavioso. Diz-se que migraram para o Sul, excitadas pelo que escutavam sobre a exuberância e as liberdades das novas terras portuguesas, passaram pela África e se amorenaram à luz do sol intenso, aprendendo lá meneios usados aqui; e que hoje cantam e movem seus corpos curvos e brilhosos com inda maior irresistibilidade. Corpos cheirosos de hormônios. E o viajante fica. Muitos recuperam finos sentidos que haviam sido embotados na luta pela competitividade globalizada. Há milhares desses milagres comprovados cientificamente e registrados na cripta da Igreja de São Sebastião, também chamada dos Capuchinhos, aonde vão centenas de milhares de pessoas no dia 20 de janeiro buscar sortilégios. São Sebastião, o padroeiro, é em si mesmo um milagre: não morreu daquelas flechadas todas que lhe furaram órgãos vitais; foi recolhido e carinhosamente tratado por uma bela romana que recuperou a saúde e a libido do grande santo com os divinos remédios do amor.

É o Rio.

Na praia, em Copacabana, às seis da manhã, na limpa atmosfera do mês de maio, com vista aguçada e alguma criatividade, dá para ver as palmeiras da África na linha do horizonte. O dendê. Vê-se através do mar salino, leve e cristalino, por onde vieram os negros ano após ano, séculos, o mar largo e vivo, aquela água-mãe benfazeja onde nasceu a vida, você mergulha sob as ondas, escuta e sente, a vida ainda nascente.

O Rio tem a marca da Nação, que fez ali a sua História. Passou pelo Nordeste, pelas guerras do Sul, e fixou-se no Rio, Império e República. Fascínio dos brasileiros, o Rio marcou o Brasil, encontrando sempre as respostas e as sínteses nacionais para as criações e postulações que vinham de São Paulo e Minas. O Rio fez o samba e o povo brasileiro, sua filosofia. E agora vai encontrando sua última resposta ao projeto repentista de Brasília nascido num comício inesperado de Goiás, terra de bugre.

É o Rio.

E o Rio continuou fazendo História mesmo depois da inauguração de Brasília. A irrupção de 68 deu-se nas ruas do Rio, onde se acumularam as pressões da libido jovem e da indignação nacional. O massacre que podia ter havido mas não houve, porque Deus é brasileiro e fez a bomba explodir no colo do sargento, foi no Riocentro, e foi um dos marcos do processo de abertura. A reação democrática pela música e pelo cinema deu-se toda centrada no Rio. No Rio, suicidou-se Getúlio Vargas, viveu, preso e solto, Luiz Carlos Prestes, senador pelo Rio, onde os comunistas fizeram em 1947 a maior bancada de vereadores. No Rio, fez-se o comício da Central, o encontro com os sargentos no Automóvel Clube e a emocionante adesão dos fuzileiros aos metalúrgicos, como se fossem marinheiros do cruzador *Aurora*, fatos que decidiram o golpe militar contra João Goulart. Venceram, ainda uma vez, os donos do dinheiro e do poder, os donos do mercado. Olga era uma menina de colégio, saia azul-marinho e blusinha branca, tinha nascido no ano de 1952, filha logo de quem, do Jovildo, ferroviário da Leopoldina, companheiro do Batistinha e militante da turma do "pau puro", que acreditava que um mundo diferente e mais justo era possível, e estava nascendo na União Soviética, onde o velho Prestes tinha vivido para contar aos camaradas do Brasil.

Olga desde os primeiros tempos tinha crescido direitinho, do leite da mãe, do carinho da mãe, do desvelo da mãe, e até mesmo do pai, que falava com ela sempre com ternura. Foi a primeira do casal, juntado meses antes, ele com 27 anos, ela com 22, nascida a menina no Rio, Olga, em Bento Ribeiro, com a pele moreninha mas não muito escura, cor bem brasileira, e aquele nome que evocava a bela moça alemã mulher de Prestes.

Bem, é a nossa história, toda aquela efervescência no Rio de Vargas a Jango, Jovildo, na linha de frente das batalhas políticas, passava às vezes dias sem vir em casa, dormindo no sindicato, mas quando chegava, era Olga que queria ver e beijar primeiro. Tinham tido outro filho, um menino, o irmãozinho Luiz Carlos, mas Olga era a joiazinha que crescia e falava tudo com meiguice.

Foram anos de vicissitudes fortes: excitação, bulício quase todo dia depois da eleição de Getúlio, eleição popular, sim senhor, vontade maciça do povo por cima dos conchavos dos coronéis conservadores, sem apoio dos comunistas, que pregaram o voto em branco, erradamente, tolamente, seguindo o malsinado manifesto de agosto, sectário, radical, que refletia ainda a raiva contra todos pela cassação de 1947. Era a volta do presidente deposto com as propostas do novo trabalhismo; Jovildo sentia enorme simpatia, como trabalhador, um impulso de aprovação, pela paulada que aquilo dava na burguesia conservadora, mas o Partido era contra, mostrava que aquilo tudo vinha para tirar a força deles, comunistas, que tinha crescido tanto e tão rapidamente — mais de cem mil militantes inscritos em dois anos apenas —, que o Partido havia sido cassado, o Partido e seus parlamentares, mas eles continuavam fortes dentro da classe, mesmo na ilegalidade, e participavam das lutas nacionalistas, antiimperialistas, até mesmo ao lado de Vargas, a campanha do petróleo, uma beleza de participação popular, muitas vezes debaixo de cassetetes; as lutas sindicalistas, Jango no Ministério do Trabalho, portas abertas, a dobrada do salário mínimo, a imprensa burguesa dando um cacete firme, Jovildo na maior inquietude, na política estava em jogo o destino da Nação. Não concordava com a oposição que o Partido fazia a Getúlio, achava um erro, falava a sós com Batistinha, que também tinha dúvidas, erro que foi ficando gigantesco quando o golpe se foi armando, gigantesco, tinham caído na armadilha dos entreguistas, fazendo coro ao discurso udenista do mar de lama, diziam até que aquela coisa de mar de lama era invenção deles, do Partido, Jovildo aflito e incomodado, tendo que desancar o couro em cima de Getúlio, decisão do Partido, que erro mais primário, que sectarismo mais inacreditável, precisou o velho dar o tiro no peito para a verdade aparecer claríssima: Vargas defendia o Brasil que os golpistas queriam entregar ao imperialismo! Redobraram então a força de agitação nas ruas, que eles faziam melhor do que todos, agora em sentido completamente contrário, de um dia para o outro, Getúlio era o grande herói nacional, era uma hora decisiva, se necessário enfrentariam o tiroteio, o Exército estava na praça para conter o povo na exaltação e no quebra-quebra, não era nem mais a polícia, era a hora do confronto, tinha gente no Comitê Central pregando o enfrentamento armado, Agildo Barata e outros, até que viram que não, que ainda não era, não iam repetir a precipitação desastrada de 1935, o gesto de Getúlio marcaria a história dali para a frente, o voto popular estaria sempre com eles, a carta-testamento, a carta de Vargas, ia derrotar a burguesia reacionária em todas as eleições seguintes, e esse era o caminho.

Depois vieram os anos de Juscelino, que eles tinham apoiado, o Partido já sem sectarismo, os golpistas tentando daqui, tentando dali, mas sempre derrotados. Um governo meio dúbio, dando incentivo ao capital estrangeiro para instalar fábricas de automóveis em São Paulo, gastando um dinheirão naquela loucura de fazer Brasília, mas permitindo que eles continuassem trabalhando livremente nos sindicatos, elegendo seus deputados infiltrados nos outros partidos e aproveitando as realizações formidáveis da União Soviética para trabalhar a cabeça e o coração da juventude estudantil e sindical, a política, atividade mais febril de Jovildo, pouca atenção em casa, quase só para Olga, justas reclamações da mulher, aquela chatice que tinha certa razão e que Jovildo tinha de escutar, e ele então conseguiu um financiamento bom através do sindicato e comprou uma casa, oh, pequena ainda, sala e dois quartos, os meninos ainda eram bem pequenos, podiam ficar no mesmo quarto, uma cozinha mais espaçosa, isso Renilda tinha gostado, e até um quintalzinho com tanque e varal que a outra não tinha, a de Bento Ribeiro. E, ademais, era deles, não era mais alugada, e bem mais perto do centro, no Engenho de Dentro, próxima à oficina da Central. Bem, calou um pouco o queixume da mulher, e foi uma salvação mais tarde, quando foi demitido e ficou sem nada, depois do golpe militar.

Mas a política continuava, não dava descanso, e o Partido passou por uma fase muito difícil, nada de repressão, daquela vez a coisa foi interna, o vendaval que chegou com a volta do

Arruda do XX Congresso, as denúncias dos crimes de Stalin feitas por Kruchev. Vendaval. Embate que deixou marcas muito fundas, muita gente inconformada, gente expulsa, Agildo Barata, grande líder combatente de 1935, pena, muita pena, difícil de entender, a baliza que sustentava era a confiança, mas a confiança era nas idéias e nas pessoas, e aí entrava a confusão, porque as pessoas tinham as mesmas idéias mas brigavam por posições diferentes em torno delas. Então, em quem confiar? Intelectuais também divergiram e saíram, Carlos Drummond, Jorge Amado, Moacyr Werneck, mas era diferente, Jovildo sabia que eram pessoas simpáticas às idéias, mas era simpatia só, solidariedade e idealismo, não era um engajamento de vida, não eram trabalhadores que colocavam a sua vida, era gente de outra cabeça e de outra ocupação, gente de classe média, intelectuais, era diferente dos camaradas da direção, lutadores da velha guarda, era difícil mas ele acabava compreendendo, aquilo era a vida dele, pensava e sabia, isto é, a família também era a vida dele, Olga, Luiz Carlos, mas a coluna vertebral era aquele ideal, aquela luta, o Partido, era quase tudo, e ficar encrencado naquele ponto era difícil, mas conversando muito viu bem claro que a posição certa era a da direção, a confiança maior era no velho Prestes, ali não havia como duvidar, era o esteio inabalável.

Passou a crise aguda, mas as cicatrizes ficaram abertas, muita crítica em cima de Prestes, um incômodo para ele, Jovildo, falava com Batistinha, falava com Timbaúba, referências sólidas, ficava convencido mas não tranqüilo, mesmo com o relaxamento da repressão que os deixava praticamente em liberdade desde a posse de Juscelino. Fizeram o V Congresso abertamente na ABI, em setembro de 1960, um belo congresso em termos de vista de participação, de animação, mas revelando feridas ainda bem abertas, mudou-se o nome para Partido Comunista Brasileiro, firmou-se a tese da convivência com o capitalismo nacional contra o imperialismo, na linha soviética, mas a cisão aflorava nitidamente, e dois anos depois Amazonas e Grabois rompiam de vez para formar o PC do B na linha chinesa do compromisso expresso e firme com a revolução socialista. Lançaram eles, os dissidentes, a *Classe Operária*, jornal para brigar com a *Voz Operária do Partido* e confundir mais as coisas.

Jovildo, entretanto, recuperou toda a força da alma na campanha do marechal Lott, homem firme, patriota, nacionalista, inteiramente confiável, honesto, homem bom mas duro demais, aí estava, sem nenhum jogo de cintura, toda semana metia o pau nos comunistas, e eles lá, na linha de frente, Jovildo foi posto para chefiar o comitê da Leopoldina, crescia em importância, e em trabalho, dia e noite, viajava a Campos e a Vitória, Renilda reclamando muito, Olga abrindo os olhinhos pretos de excitação e alegria quando ele chegava, foi o período mais vibrante da vida dele, tinha reuniões com assessores diretos do marechal, o major Alencar, e a filha do homem, dona Edna, muito educada e companheira, um pouco dura de cintura como o pai, e até mais afoita no dizer verdades incômodas, mas sempre escutando e prestigiando as lideranças dos trabalhadores, e até especialmente os comunistas. Jovildo lá na frente, participando de comícios onde Prestes aparecia, incrível aquele velho, a agilidade com que subia num caminhão, a firmeza da voz, os argumentos, a lucidez, nem óculos ele usava para ler, assombro e respeito geral, Jovildo enlevado. E fazendo também a campanha do Jango para a vice, adorava aquela musiquinha cantada pelo Jorge Veiga, aos poucos foram vendo que Lott ia perder mas Jango ia ganhar, era importante manter aquela base de atuação.

E foi o que deu; elegeu-se o louco do Jânio, e então aquela agitação da vida de Jovildo serenou um pouco, muito trabalho ainda, ele ficou mais perto da direção estadual, e começaram a discutir sem pressa a reorganização do Partido e a estratégia para ganhar a eleição depois de Jânio. Sobrava então mais tempo para estar em casa, e Jovildo achou prazer naquela verdadeira descoberta, a casa e as coisas mais íntimas da vida, o relaxamento, a poltrona estofada e a televisão que quase nunca tinha visto, a casa era o repouso do guerreiro, aquela coisa que tinha escutado e que então comprovava, fruindo a quietação, a mulher, os filhos, os objetos, a comida caseira, até o sol no quintalzinho, a vida em tempo mais humano.

A vida e sua riqueza de dimensões, de fontes quase naturais de prazer, a mesa, por exemplo, a comida caseira, feijão caprichado no tempero, uma birita antes do almoço, o sono que vinha depois, a mulher na cama depois do almoço, melhor que de noite depois do dia de trabalho, tudo e mais, uma boa chuveirada nos dias quentes, será que o Prestes conhecia esses prazeres?

E Olga, que leveza, que beleza leve, foi olhando Olga, menina de quase nove anos, pequenininha, que já falava direitinho como gente grande, viu que tinha sempre notas boas na escola, escovava os dentes e rezava toda noite, comia verduras e frutas, dizia coisas sensatas, corretas, uma graça, e começou a comprar e ler com ela livros de Monteiro Lobato, que encanto, ele que nunca havia lido, aquela menininha, quem diria, a mãe espantada mas agraciada, Luiz Carlos acabava de fazer seis anos, ainda não estava na escola, ficava por ali rondando, e Jovildo lendo, fazendo a menina ler, aprendendo e ensinando, conversando com ela sobre o que liam, as coisas do Brasil, ela como gente grande, uns bons dez meses passou assim, jamais Olga esqueceria, jamais, aquela atenção do pai, o carinho comprovado, construindo o amor dela por dentro, o amor por ele e pelos outros, o amor pelos outros também, pelo povo simples, os camaradas dele, como ele falava, como ele sentia, o sentimento dele, o amor pelo Brasil, pelas coisas do Brasil, jamais esqueceria aqueles meses de ventura e preenchimento.

Mas veio a loucura da renúncia, e aquela ventura calma findou de repente. Jânio não era louco nada, passava por louco mas era sabido e ousado como ninguém, aventureiro do tudo ou nada, queria a ditadura, o Brasil era dado a ditaduras em sua história, ele era o mais capaz, o mais esperto, então jogava tudo, tinha os militares com ele, apesar da desconfiança, sabia que de jeito nenhum dariam o governo ao vice Jango, que por sinal estava na China, ele, Jânio, tinha propiciado aquela viagem. Contudo, mesmo sabendo disso tudo sobre aquele zarolho, ninguém, nenhum deles, políticos profissionais, velhos pessedistas, comunistas, analistas diariamente debruçados sobre os acontecimentos, a fazer previsões e provisões, nenhum deles foi capaz de prever aquele inesperado, o gesto tresloucado. E Jânio, por sua vez, o perspicaz e ousado, o mais esperto, Jânio, o gênio político, também não foi capaz de detectar e considerar o horror que os políticos tinham dele, os humilhados, até os aliados, que logo espertamente aceitaram a renúncia; como também não tinha bem avaliado a existência de um outro líder, forte como ele, ou mais até do que ele, ousado e ambicioso como ele, ou talvez mais, chamado Leonel Brizola, que era governador de um estado muito politizado, o mais politizado do país, de gente corajosa, sempre muito disposta à luta, um estado que continha em seu território uma força militar, o III Exército, capaz de enfrentar e derrotar, com o apoio de quase toda a nação, qualquer movimento armado que fosse golpista.

E então a febre voltou com intensidade total à vida de Jovildo. Ele sumiu de casa novamente. Mas a casa dele, e Olga, menina, a casa toda, e a vizinhança, todos ficaram de rádio ligado na cadeia da legalidade, escutando passo a passo, o desenrolar das coisas, Olga ouvindo e entendendo tudo, os discursos de Brizola, e de outros líderes que iam para Porto Alegre juntar-se à resistência, a adesão do general Machado Lopes e do III Exército, a volta de Jango pelo Uruguai, a casa toda eletrizada, de vez em quando um telefonema de Jovildo, estava no sindicato mas não havia ameaça, estava bem, preparado para o que desse e viesse, mas claro que não dizia isso assim pelo telefone, embora a mulher soubesse que era assim, e Olga também, pequenina ainda mas já sabendo, por esse sentido sutilíssimo que as meninas têm, sabendo e torcendo mais que todos, pelo pai, pelo Jango, pelo Brizola, pelo Brasil, até chegar a notícia do acórdão, decepcionante, construtivo mas decepcionante, calmante, assim Jovildo disse, o acordo pelo qual Jango aceitava ser presidente num regime parlamentarista, um presidente sem mando, presidente só de fachada, mas estava bem, não haveria confronto militar, não haveria guerra civil, que podia ser catastrófica, evitava-se derramamento de sangue, Jango era assim, um homem bom como muito poucos, despojado.

Tudo isso Jovildo teve de dizer para Olga, não somente para Renilda, porque Olga questionava e queria saber como gente grande, coisa boa para ele, ter de falar sério e explicar à sua filha menina, e dizer, mais, que aquele acordo era só para vencer a crise sem sangue, mas não ia ficar assim, desde logo começariam a preparar a volta do regime presidencialista, e Jango assumiria o poder de todo, a política era assim, quase sempre tinha de se dar voltas para chegar no objetivo, a política não andava em linha reta, por isso mesmo era um trabalho muito difícil, complicado e penoso, muitas vezes frustrante.

Estava bem, Olga entendia, e, de fato, conferiu e viu que um ano depois começava a campanha pelo plebiscito, como o pai tinha dito. Era uma coisa especial aquela, ter um pai que sabia das conversas e tramas do governo do país, que tomava parte nas altas decisões e no fazer das grandes coisas decididas, as meninas de anos depois iam estudar na escola aquilo tudo como História do Brasil, o pai dela lá dentro dos acontecimentos, e de certa forma ela também envolvida naquilo tudo.

E o plebiscito veio, e Jango ganhou estrondosamente, todo o golpismo indo por água abaixo, com inteligência e sabedoria dos trabalhadores, o Comando Geral dos Trabalhadores organizado, o CGT, agindo com presteza, tomando a frente das ações. E Jovildo disse para ela — agora vão começar as grandes reformas, o Brasil vai mudar, vamos enfrentar o latifúndio e o imperialismo — e explicava para ela o que era latifúndio e o que era imperialismo.

Uma guerra. O CGT cada vez mais assumindo posições importantes no comando político, dirigindo greves nacionais e influindo na nomeação de ministros, sem que sofresse nenhuma repressão, o governo Jango era o mais democrático da história do país. Não era fácil, ele havia dito tantas vezes em casa como política era uma coisa difícil e complicada. Jango queria e lutava pela unificação das forças democráticas incluindo o PSD, que era o maior partido no Congresso, eles precisavam do PSD, precisavam daquelas grandes bancadas para a aprovação das leis das reformas de base. E o PSD, desconfiado, resistia, porque era um partido muito conservador, cheio de representantes do latifúndio, as grandes bancadas de Minas, do Nordeste, até de São Paulo, estavam cheias de latifundiários, e de representantes do capital estrangeiro também. Ulisses Guimarães, por exemplo, deputado paulista, ministro da indústria, era homem das fábricas de automóveis estrangeiras. Toda a imprensa também era contra as reformas, claro, era toda ligada aos grandes interesses, ao dinheiro do latifúndio e do imperialismo, só a *Última Hora* apoiava as reformas. Era difícil, ele tinha avisado, e mesmo dentro do governo havia muita divisão, pouco entendimento, além do CGT tinha a Frente de Mobilização, mais radical, o pessoal ligado ao Brizola, havia a UNE, a moçada fogosa e inexperiente, havia a gente do campo, que nunca tinha feito política, as ligas camponesas de Julião, havia gente da Igreja radical, padre Alípio e companhia, a confusão era grande, no Congresso tinha a Frente Parlamentar Nacionalista, com gente até da UDN, Gabriel Passos, Sarney, Jango fez então um ministério que era uma verdadeira seleção nacional, San Tiago Dantas, Celso Furtado, Evandro Lins, João Mangabeira, Almino Afonso, Eliezer Batista, gente do PSD, Antônio Balbino, empresários, o maior deles, José Ermírio de Morais, o que havia de melhor em competência para governar e tirar o país daquele impasse, fazer as reformas, claro, fazer as reformas, mas na legalidade, sem quebrar a ordem democrática, não iam fazer uma revolução como Cuba, não havia condições, a reação seria muito grande, daria guerra civil, os americanos desembarcariam aqui, não, eles tinham a cabeça no lugar, apesar da porra-louquice de muitos, iam fazer as reformas pela lei, na democracia, iam conseguir porque agora estavam no poder, o presidente era deles, um presidente sindicalista, profundamente comprometido, conheciam bem o Jango, desde que fora ministro do trabalho do Getúlio, um homem bom e amigo dos trabalhadores, seu gabinete era completamente aberto aos trabalhadores, eles o conheciam e tinham confiança nele, iam fazer as reformas, o ministro da Guerra também era de confiança, muito importante, não iam fechar o Congresso, dar o golpe, eles nunca fariam isso, não, mas iam pressionar, cercar o Congresso com trabalhadores, Timbaúba dizia, iam botar dois mil ônibus em Brasília, cercar o Congresso com um milhão de trabalhadores, multidão vibrante, pronta pra quebrar, iam aprovar no grito, iam mostrar aos deputados que tinham de fazer as reformas, na lei ou na marra.

A corda esticou tanto que em setembro de 1963 sargentos fizeram uma rebelião em Brasília, tomaram alguns quartéis, coisa descontrolada, nada boa, felizmente logo dominada, mas aquilo açulou os militares e aumentou muito a desconfiança deles sobre o governo, infiltrado de comunistas. Lacerda fez um discurso ultragolpista como governador, e Jango pediu ao Congresso o estado de sítio no Rio, como meio de conter a agitação e o golpismo em marcha, liderado mais uma vez por Lacerda, e pressionar ainda mais pelas reformas. E o CGT rachou: os trabalhistas, o pessoal do Jango, eram completamente a favor, mas Prestes foi contra, achando que aquilo era exigência dos militares governistas e num segundo momento o "sítio" seria contra os comunistas, era um líder calejado, e os comunistas seguiram Prestes, claro, apesar de toda a oposição que crescia contra ele dentro do Partido, e Jango retirou o pedido de estado de sítio, vitória deles. Jovildo esteve em casa aquela noite, e Olga captou logo toda a hesitação e a incerteza que ele tinha na cabeça. Menina, sim, mas entendia, já podia entender tudo, sem dizer nada.

Tinha quase 12 anos em março de 1964: sabia que o pai estava no sindicato dos metalúrgicos no dia do cerco e da adesão dos fuzileiros, a vibração da menina, que já era moça, a mãe havia explicado os assuntos do corpo, já podia ter um filho, tudo no mesmo tempo de turbulência, tinha visto o pai na televisão, perto do Jango, quando este falava no Automóvel Clube para sargentos e sindicalistas, suando de tensão, o Presidente, parecendo ver tudo o que ia acontecer, com certeza percebendo o isolamento em que estava, o isolamento que só os comunistas, o pessoal do CGT, Brizola e o PTB chamado autêntico pareciam não enxergar. O olhar carregado e suado de Jango era de quem sabia que o movimento de massas e o esquema militar fiel a ele haviam se desarticulado completamente, que os oficiais simpatizantes estavam todos do outro lado, e que os sargentos todos iam se enquadrar, mesmo os que estavam ali naquela hora. Mesmo assim, tinha feito a opção pelos trabalhadores, ia cair com eles, tinha rejeitado as propostas da direita feitas por Amaury Kruel, de fechar tudo e se afastar dos sindicalistas, tinha rejeitado porque era um homem de caráter, Olga sabia, tinha visto aquilo tudo e sabia que o pai estava vendo também do mesmo modo, mas não podia dizer. Ela captava os pensamentos do pai, e tinha, como ele, uma esperançazinha de que o improvável acontecesse, que eles ganhassem a batalha decisiva. Tinha visto também o grande comício da Central, fizera tudo para ir, mas a mãe não tinha deixado, ela queria que a mãe a levasse, mas não e não, que idéia maluca, aquela menina ligada demais naquela coisa da política, Renilda morria de medo, seus sentidos estavam gritando que aquilo tudo era muito perigoso e não ia acabar bem para todos eles, os quatro da família, vivia alarmada e arregalada, nem pensar em ir àquele comício, ainda mais com ela, Olga, menina, no meio daquela multidão endoidecida que, de repente, podia ser até metralhada, sabia lá, tudo estava muito perigoso. Para a mãe, sentimento de mãe. Para a filha também, só que era a revolução do pai, a revolução da coisa justa, valia a pena correr todos os riscos, como o pai estava correndo, ela sabia perfeitamente o que era, o Brasil tinha de mudar, precisava daquela revolução em que o pai podia até morrer, uma golfada de choro subia ao rosto dela toda vez que pensava, e não parava de pensar, ia haver justiça para os trabalhadores, os que trabalhavam e faziam a riqueza da nação. E o Brasil ia poder traçar o seu destino livre das imposições dos capitalistas americanos. Era a voz do pai, era a vontade de pai, era mesmo a vida do pai, ela sabia e engolia o choro, era a vitória da aliança entre comunistas e trabalhistas, os partidos que eram dos trabalhadores, Olga sabia e pulsava, chorava e pulsava.

E veio o golpe com dureza, em 24 horas tudo se desmanchou no CGT, viu-se que não haveria resistência nenhuma, não havia preparo nenhum para um enfrentamento armado, seria um massacre caso alguém tentasse, e a ordem do Partido foi de recuar em todas as frentes, que incompetência tudo aquilo, que criancice, era o que Jovildo pensava. Tudo estava decidido, e Jango sumiu do país, mais uma vez, para não haver derramamento de sangue, o Congresso declarou o cargo vago, e o presidente da Câmara, Ranieri Mazzilli, ítalo-brasileiro, velha raposa política com ar venerável e voz aprumada, como se estivesse sempre de fraque, assumiu a presidência. De fachada, claro, os chefes militares logo editaram o Ato Institucional assumindo de fato o poder e publicando uma enorme lista, Prestes logo na frente, depois duas, três listas, de nomes de pessoas, brasileiros, que tinham seus mandatos cassados, quando era o caso, e outros que tinham seus direitos políticos suspensos e seus empregos perdidos, que era o caso de Jovildo, que teve o nome dele na lista dos sindicalistas.

Pronto, Olga desatou num choro quando soube e viu, não sabia bem por quê, afinal não era prisão, o pai ia ficar muito mais em casa, Renilda tentava consolar, ele só perdia o cargo na Leopoldina e no sindicato, não seria difícil arranjar outro emprego, o próprio Partido ia ajudar, assim mesmo ela chorava, não sabia, menina sabe das coisas de uma maneira diferente, vem um pensamento e ela vê a coisa como vai acontecer, não sabe como, mas vê, o pai estava bem, certo, não tinha acontecido nada com ele, estava bem, e entretanto Olga chorava sem parar, sabia algo porque algo lhe dizia, tinha, sim, acontecido uma coisa muito ruim para ele, uma grande derrota, definitiva, acachapante, e a dor vinha do pai, não do país, sabia também o que significava para o Brasil, para o trabalhador brasileiro, mas o choro não era esse, era do pai, a derrota de toda uma vida de luta por uma causa que estava completamente perdida, ela sabia bem, era a causa dela também, de tanta gente, mas o pai tinha se envolvido muito mais, tinha jogado toda a sua vida, a sua pobre vida, a sua difícil vida, tinha levado a família nessa luta, ela, a filha, e os outros também, todos mergulhados no poço fundo da derrota total, da derrocada, suas vidas derrocadas, sim, ela sabia, e chorava um choro fundo.

Jovildo desapareceu, claro, o pessoal que era do Partido tinha se escondido, pelo sim, pelo não, sabiam viver na clandestinidade, e sumiram, poucos foram presos, o pessoal do PTB principalmente, mas não foram maltratados e não ficaram presos muito tempo, aos poucos foram sendo soltos, proibidos de sair da cidade, começando a responder a inquéritos policial-militares, os IPMs, um monte deles, cada lugar de trabalho tinha um, Jovildo em vários deles, só que não comparecia, ia sendo julgado à revelia, estava demitido, claro, da Leopoldina, mandava recados para casa, estava bem, ia reaparecer em breve, logo que a poeira assentasse, e mandava algum dinheiro, bem pouco, avisava que a coisa ia apertar, ele ia ter que arranjar emprego não sabia como, só sabia mexer com locomotiva, e isso não ia poder mais fazer. Olga continuava chorando, um pouco quase todo dia. Na escola tinham pena dela, e disso ela não gostava, passou a detestar aquelas manifestações, que eram pêsames, até no jeito de olhar para ela, ela sentia assim, como se o pai tivesse morrido, e sentia mesmo, no vero, que o pai tinha perdido sua vida, que tinha acabado aos quarenta e poucos anos, ela pensava assim, e chorava assim, vinha da escola, chegava em casa e tinha de chorar um pouco sozinha para aliviar.

Jovildo reapareceu quatro meses depois, o clima se normalizava com o governo Castelo Branco, tinha sido a melhor escolha dentre os chefes militares, o ditador mais brando, havia ainda listas de cassações, mas ele já estava cassado, não havia mais prisões, só IPMs, inquéritos, mas sem violência. Então reapareceu em casa, mas discretamente, durante a noite, não era só prudência, era também aquela coisa constrangida, não queria ainda ser visto na vizinhança, apontado, olha ali o subversivo, o cassado, uma certa vexação, que tinha de vencer, claro, ia ter que voltar a viver normalmente, não havia mais razão para clandestinidade, e muito menos para ter vergonha, não tinha roubado nada de ninguém, tinha procurado defender o Brasil e o povo trabalhador, honestamente, tinham simplesmente perdido a parada, e agora todo mundo era a favor da revolução, todos os jornais apoiavam e mostravam casos indecorosos do governo Jango e dos sindicatos, casos de corrupção e de subversão, para provar que os militares haviam salvado o país de uma república sindicalista corrupta e incompetente, e ainda por cima manipulada pelos comunistas aliados de Cuba e submetidos aos ditames de Moscou. Até a *Última Hora* estava rendida; a *Voz Operária*, fechada, nada a fazer senão baixar a cabeça e deixar o tempo passar. A História é feita pelos vencedores; a razão dos vencidos só aparece muito depois.

Esperar, respirando, só. Respirar é viver, é uma forma de ser; antigamente colocava-se um espelhinho na frente do nariz do moribundo para verificar se ele ainda estava vivo, o que se confirmaria caso o espelhinho se embaçasse com a respiração mínima. Respirando, depois lendo, ouvindo rádio, vendo televisão de noite, coisas que tinha feito antes, no tempo do Jânio, mas que agora tinham o travo do desencanto. Olga sentindo o desânimo do pai, que não era depressão, porque Jovildo não era dado a depressões, tinha um jeito positivo de ser e de acreditar, só tinha de esperar, aquilo não ia durar muito, o Partido tinha passado por muitas situações como aquela, eram pessoas calejadas que conheciam seu destino. Mas tinham suas crenças, seus valores morais, era sua força. E esperava sentado na sala da casa, pensando, confortavelmente na poltrona estofada, Olga ia e voltava da escola, e ele lá pensando, respirando. Ela ia para o quarto, e os olhos se enchiam d'água, tinha uma ponta de remorso porque havia estimulado muito toda aquela atividade política dele pela causa dos trabalhadores. Remoía aquele sentimento e fungava baixinho.

Mas Jovildo trazia a política no ser, em cada célula do corpo, política é uma atividade dominadora do ser do homem, como é a arte verdadeira, a ciência, o próprio negócio, os fazeres criativos que demandam todo dia, sem rotina, o espírito e o ânimo da gente, exigem, e política era o que ele sabia fazer; nem conduzir locomotiva, sua operação de base, sabia mais. E ele não ia deixar o Partido, inda mais que tinha então maiores responsabilidades, mesmo naquele tempo de atividade clandestina, entrou para a Executiva estadual do Rio, depois de mais uma rodada de brigalhada, críticas, não tinha havido preparo nenhum para as posições que tinham assumido atabalhoadamente, aquelas articulações com sargentos tinham sido uma aventura inconseqüente, seguindo as águas do Brizola, ignorância completa do que era a vida militar, a sacralização da hierarquia como fundamento; as greves políticas que faziam eram nas estatais,

Jango não reprimia e ainda pagava os dias parados. Mais militantes e dirigentes saíram do Partido, e a posição de Prestes ficou ainda mais abalada. Só que Jovildo não falava mais sobre política em casa, nada, nada, especialmente com Olga, ao contrário, esforçando-se num cuidado de alma, procurava desviar o interesse dela para outras coisas, Monteiro Lobato de novo não dava mais, mas procurava outras formas de animar a filha, vivia dizendo que seria ótimo se tivessem uma médica na família, ou pelo menos uma enfermeira, que aliás eram as mais belas profissões, porque lidavam direta e profundamente com o ser humano, tal como a política, sabia que exercia sobre a filha uma influência forte. Só não percebia que a menina tinha aqueles sentidos tão aguçados, particularmente em relação a ele, pai, e captava todas as suas intenções.

Foram alguns meses ocos para Jovildo, aqueles últimos de 1964 quase sem política, até ele assumir o cargo na Executiva. E logo veio a centelha da campanha de Negrão de Lima para governador da Guanabara no ano seguinte, o Partido autoconvocado a participar, claro, e logo participando bem, ainda que não tão abertamente quanto nos tempos de Juscelino e Jango. Vitória, no Rio e em Minas, com Israel Pinheiro, a coisa começava a querer virar, e a linha dura dos militares se eriçava, os comunistas voltavam às ruas com agitação, aquilo não podia ficar daquele jeito. O Partido fez escondido o seu VI Congresso em 1967, cada vez mais dividido, e Prestes mais contestado, Marighella liderando uma facção que propunha começar uma mobilização para a luta armada como única forma de tirar os militares do poder e fazer a revolução do povo, a revolução brasileira adiada e madura. Perdeu e acabou expulso no fim do ano, formando a ALN para fazer a luta armada. Mário Alves também abriu uma dissidência e fundou o PCBR, para fazer a luta armada. Os militares haviam dado mais um tiro na democracia com um Ato número dois, acabando com a eleição direta de presidente, mostrando que iam ficar muito mais tempo. Lacerda em fúria ante a derrocada dos seus planos de ser o presidente eleito pelo poder popular da Revolução, e Prestes, cada vez mais só, não tinha nenhuma ilusão quanto à viabilidade da luta armada, dizia isso com tristeza mas com todas as letras, com a alma de revolucionário ainda inteira, que Jovildo sentia, mas a força da razão e da experiência mostrando a loucura que seria aquilo. Jovildo escutando e também concordando, o velho com plena razão, ele, como trabalhador, tinha tirado suas conclusões em 1964, trabalhador não queria saber de luta armada, trabalhador tinha família, tinha responsabilidade, não entrava em aventura, aquela idéia de luta armada era coisa de classe média, de juventude irresponsável.

Em fins de julho estourou a bomba no aeroporto de Recife, matando um almirante e um jornalista e ferindo outras pessoas. Explodiu na hora em que devia estar chegando o ministro da Guerra, que era o Costa e Silva, candidato invencível a sucessor de Castelo na presidência.

Bem, havia alguma coisa nova e grave no ar, gente jogando a vida na insurreição armada. Tinha dedo de Cuba naquilo, com certeza, o SNI mapeando tudo, e o estado-maior militar aprestando a reação varonil. O ano de 1968 confirmou as expectativas, incrementou-se a agitação de rua, que escalou novos patamares e excitou ainda mais os militares da chamada linha dura, liderados por Costa e Silva, que havia desafiado abertamente a linha branda de Castelo e agora era o presidente. O grupo duro estava no poder, tinha o comando das informações e armava um novo e vigoroso surto de repressão, para extirpar pela raiz os focos de guerrilha e acabar de vez com aquela agitação, marchas gigantescas puxadas por comunistas e subversivos notórios, estudantes gritando e fazendo baderna, deputados fazendo discursos sem medo de cassação, cujo período tinha acabado, até que um deles fez um pequeno discurso que ninguém percebeu, incitando as jovens brasileiras a desprezarem os moços militares, e aquilo foi a centelhinha que fez explodir a sanha fardada: veio o ultimato para a cassação e, desrespeitado, então o Ato Institucional número 5, o AI-5, reabrindo todo o processo de coerção pela violência.

Jovildo não se surpreendeu, porque já esperava, tinha aprendido muito sobre os sentimentos e os mecanismos da política e da ação dos militares, políticos fardados e armados. Aqueles anos últimos tinham sido na verdade anos fracos para ele em termos de ação, porém densos de reflexão, ele sabia que a espera tinha de ser muito maior, aquela ditadura ia acabar um dia, mas não tão cedo assim, o velho Prestes também sabia. Jovildo continuava no Partido, trabalhando devagar pelo Partido, mantendo suas idéias e seus ideais, era um comunista, sim, continuava, mas era agora um comunista muito mais curtido, depois daquela agitação pré-revolucionária de 1963-64, cheia de promessas, na qual ele se engajara tão profundamente, tão essencialmente. E se engasgara, se engasgaram todos. Depois daquilo, depois do fracasso e da decepção, da inviabilidade de revolução feita pelos trabalhadores, ele não tinha mais as vibrações de alma dos tempos anteriores, como se a alma se tivesse esclerosado e tudo passasse a ser menor, até mesmo as disputas internas do Partido, que o aborreciam tão intensamente; até mesmo os riscos da nova onda de repressão que estava começando. Anos, um, dois, três, quatro, tudo parecia igual e sem sentido, mesmo a vitória de Negrão, mesmo as passeatas de 1968 e a reação do AI-5, só a menina em casa lhe motivava os dias, os encantos dela que iam florescendo.

Uma das coisas que lhe refrescavam o coração era a atenção de Prestes, que soubera que ele tinha uma filha com o nome de Olga e sempre que se encontravam perguntava por ela como se tivesse grande interesse, como vai a Olga, aquilo produzia um efeito de aprazimento interno, muito intenso, que se espalhava pelo corpo todo como se levado pelo sangue, uma coisa que nunca tinha sentido e que sentia agora repetidamente, toda vez que, infalivelmente, o velho perguntava. O velho e a menina, duas figuras maiores na vida dele.

A figura de Prestes era sempre um tema, sempre, o Cavaleiro da Esperança, antes de Jovildo nascer, era a referência dos comunistas brasileiros, era História viva, era estaca de ideais e convicções, e agora ali com aquela atenção que era verdadeira, não tinha nenhum traço de fingimento ou de simples urbanidade, era uma candura que tinha profundidade no ser daquele homem velho e vivido, enrugado, os olhos caídos, face caída, mas reto, transparente, incapaz de mentir, um verdadeiro monge de virtude no falar e no viver, até no pensar, e que, entretanto, como todo homem, tinha cometido erros, às vezes catastróficos, como a "intentona" de 35, não sabia por que os militares davam aquele nome, era o nome oficial, a intentona comunista. Mas não naquele momento, não errava quando rechaçava as propostas malucas de Marighella, de Mário Alves, de Amazonas, que não sabiam nada de luta armada, coisa que Prestes conhecia muito bem, e estava bem certo ao rechaçar.

Mas o Partido, mesmo todo dividido, tinha uma rede de informantes, construída com critério e honestidade nos tempos favoráveis: o Partido acompanhava aqueles movimentos revolucionários e sabia de tudo. Jovildo começou a ter notícias dos preparativos de guerrilha que estavam sendo feitos pelo PC do B, ligado à China, e por outros grupos dissidentes, de

Marighella, principalmente, agora com o apoio de Fidel, que havia desistido de Brizola. A esquerda católica, a AP do padre Alípio, depois da bomba do Recife, havia sido contida pela cúpula da Igreja, muito alarmada. Jovildo ia sabendo, compondo o xadrez com as peças de informação, e ia ficando tenso, crescentemente, à medida que aquelas primeiras notícias se iam confirmando e tomando vulto. Tenso; calado. O cabelo, crespo, já bem embranquecido. Calado. Tendo como certo que aquilo era loucura e não ia acabar bem; trabalhador nenhum ia participar, mas no frigir dos ovos o cacete como sempre caía em cima deles; o Partido não participaria, mas, como sempre, acabaria levando as conseqüências. Ele no meio. Calado.

A explosão da bomba no aeroporto Guararapes não chegou na verdade a ser o estopim da guerra; vinha da esquerda católica e não teve seguimento importante, os militares sabiam, tinham o mapa. O estopim foi o seqüestro de embaixadores, isso, sim, inesperado para eles, ofensiva arrogante de grupos que eles sabiam pequenos mas extremamente audaciosos, e a sucessão de roubos a bancos que era esperada. A nação agora tomava conhecimento real da existência de uma guerrilha organizada contra o governo revolucionário salvador da pátria. Aquilo era psicologicamente bom para eles, profissionais da guerra. Guerra era guerra, aqueles comunistas, inimigos da democracia, iam saber então o que era uma guerra de verdade, feita por profissionais.

Com as primeiras prisões, Jovildo novamente desapareceu. Sua casa era uma casa acostumada a essas movimentações, mas desta vez alguma coisa que vinha do ar avisava que era mais grave, mais preocupante do que o rotineiro desassossego da clandestinidade. Renilda e Olga, as duas, sem se comunicarem no ponto de pressentimento mais agudo, sem trocarem suas razões de apreensão, até porque não havia razões manifestas que comentar, além das que já conheciam de outras vezes, ambas sentiram as ondulações da temperatura e entraram num compasso de grande tensão, cada uma em si, à espera de notícias, em busca de notícias, que chegavam de quando em quando, estava bem, estava tudo bem, protegido, de mistura com outras muito graves, fulano havia sido preso, não se sabia como nem onde estava, nem em que estado, depois cicrano e beltrano, nomes que elas conheciam, companheiros, cicrano morto de tanta tortura, o pânico se foi adensando em casa, só Luiz Carlos parecia alheio, e elas não tocavam no assunto durante as conversas do dia-a-dia, só quando chegava uma informação concreta, uma dizia para a outra em sussurro, e nada mais.

No dia 31 de março festejava-se o oitavo aniversário da Revolução de 64, como era chamada oficialmente, com eventos, paradas e discursos comemorativos, a consciência militar ainda não hesitava, realizações se mostravam, e o país parecia marchar bem apesar da maluquice de alguns comunistas radicais. O projeto de ficar vinte anos no poder continuava inteiro e autoconvincente, a economia ia tão bem que o presidente afirmava que o país ia bem, embora o povo fosse mal

O dia amanhecera com uma névoa amarelada, que esquisito, comentaram as duas mulheres, parecia um ar sujo. Era um dia de lembrar mais a figura, a presença de Jovildo dos últimos tempos, ele em casa sem fazer nada, um tanto abatido pelo malogro do projeto Jango mas já imerso na realidade, e gozando as blandícies da casa, conversando com o menino, descobrindo o menino que tinha, Luiz Carlos, e achando uma graça especial nas duas mulheres que afagavam aquela vida tranqüila que estava levando. Duas mulheres, sim, Olga já tinha feito vinte anos, era maior de idade, uma graça de mulher, mais especial ainda. Era dia de lembranças fortes para elas, ressaltadas pela ausência já um tanto longa dele. E foi justamente o dia em que chegou a notícia, depois do almoço, lá pelas duas da tarde: Jovildo havia sido preso, não se sabia onde estava, provavelmente no quartel da Barão de Mesquita, e só aquilo já era uma constrição dolorosa, um arrepio de pavor imediato, lá era o calabouço da tortura e da morte. Olharam-se, e os olhos de ambas transbordaram a um só tempo grossas lágrimas salgadas de escorrer pela face e pingar no chão. Mas não, logo se dominaram e se enxugaram, nunca fraquejariam, eram mulheres de consciência revolucionária sólida, mesmo a moça de vinte anos, calejadas naquela luta-labuta, Jovildo sairia de lá um dia, revigorado, a História estava cheia desses pontos de sacrifício e de dor, os que tinham caráter forte, consciência sedimentada, e Jovildo tinha de sobra, saíam vitoriosos dessas cavernas escuras para uma luz solar ainda mais radiosa. Não disseram nada a Luiz Carlos, nem a vizinhos e amigos, a não ser alguns muito próximos, e politizados, companheiros de luta.

Tempo transcorreu. Vários dias transcorreram, semanas, e logo meses, e nenhuma notícia mais. Era assim mesmo, diziam os amigos conectados com as fontes, de lá não saía nenhuma notícia, era uma furna.

Não; elas sabiam que não era bem assim, que notícias de outros presos chegavam, torturados, estropiados, quebrados, surdos, dementes, chegavam, estavam vivos, era assim, a barbaridade durava alguns dias, não muitos, para que o cara soltasse depressa conhecimentos importantes, antes que a informação da sua queda fizesse mudar o esquema e a localização dos outros. Coisa científica, não era maldade intrínseca daqueles milicos, mesmo os brutamontes, os operadores, era ciência militar da tortura, coisa moderna, aprendida com especialistas internacionais que tinham enfrentado guerras daquele tipo. A ciência é neutra, como se sabe, serve para o bem ou para o mal; a ciência militar serve para a defesa ou para o ataque. No caso deles, servia ao bem, eles tinham certeza, estavam numa guerra de defesa, para salvar o Brasil do comunismo. E na guerra, como também se sabe, vale tudo pela eficácia; numa guerra, o importante é ganhar. E ganharam, os militares brasileiros. Jovildo morreu logo no primeiro dia de prisão, na segunda sessão de tratamento, depois de apanhar muito no pau-de-arara, de moral rebaixada, morreu de cabeça afundada num tanque d'água, numa sessão de afogamento, teve uma parada cardíaca, e seu corpo esfriou e desapareceu. Não é que não lamentassem esses casos, os militares, lamentavam, sim, todos os casos de morte ou de danos irrecuperáveis. Mas era a guerra; na guerra se mata ou se morre. Na batalha, no último estádio impera a lei mais crua da selva, e o soldado tem que estar preparado para ser selvagem nos momentos em que tem de ser, em defesa da pátria.

O capitão enraiveceu-se quando sentiu, pelo amolecer do corpo que ele já conhecia, sentiu que Jovildo tinha morrido, nem precisava chamar médico. Enraiveceu-se mais porque para dar aquele tratamento era necessário desenvolver a raiva do interrogado, a raiva do comunista filho da puta que queria destruir a pátria e matar os militares brasileiros que a defendiam; sem raiva ninguém seria capaz de fazer o que eles faziam para obter as informações. Eram treinados para desenvolver e cultivar aquela raiva específica, e Jovildo ali morto na mão dele, inerte, inútil, antes de dar qualquer pista, logo no início do tratamento, só fazia aumentar a raiva, filho da puta fracola, pensou o capitão, filho da puta, de verdade, e largou o corpo mole no chão, o corpo de Jovildo que logo iria esfriar e enrijecer, morto pela causa, antes de ver a causa esfarelar-se com a derrocada soviética, antes de ver o Partido dissolver-se no desânimo e na cizânia, depois de expulsar Prestes, seu símbolo maior.

Não se sabe se lamentaram o engano, os militares, o equívoco no tocante ao inimigo, que no caso não era o Partidão de Jovildo, que estava contra a luta armada, tentava convencer os meninos porra-loucas com o seu saber antigo e não conseguia. Para os militares, o inimigo eram os comunistas no geral, os que tinham na cabeça a idéia comunista, estivessem ou não engajados na luta armada, se não estivessem num momento estariam em outro, como já tinham estado, eram revolucionários. E os do Partidão eram mais antigos, mais conhecidos, mais fáceis de identificar e pegar. Através deles, chegariam aos outros, a todos os inimigos, porque eles eram bem informados. Jovildo não soltou nada. Impossível saber se não teria soltado, ele não resistiu o suficiente.

A perda. Então. A perda maior, a raiz da vida, a seiva, o próprio sentido da vida. Olga e Renilda viveram o padecer, a perda realizada ao longo do tempo, aos goles.

A perda aos pedaços do homem de suas vidas. Chegava assim, pelo convencimento que vinha passo a passo, a falta de notícia era uma notícia que vinha a cada dia e ia convencendo, não era possível, esperando a cada dia, desesperando no dia seguinte, introjetando desgosto e revolta, alguém devia saber e não contava, essas coisas se sabiam, e ninguém queria contar a elas, então era coisa ruim, não havia homem na casa, era assim, Luiz Carlos era considerado menino, e preservavam-se as mulheres, pro diabo, Renilda começou a vociferar com os amigos que deviam saber, covardes, puta merda, foi crescendo nela a raiva de tudo, e então, só então, chegou a carta, anônima, ninguém queria assumir a coisa, no dia 5 de março de 1973, quase oito meses depois, chegou a carta, amiga, curta, Jovildo tinha morrido, tinha sido assassinado na Barão de Mesquita e ninguém sabia onde estava o corpo.

Choraram, claro, muito, chorou Renilda e chorou Olga, resolveram contar para Luiz Carlos, que ficou olhando espantado, como se não entendesse direito o que era aquilo.

Choraram o choro mais fundo, aquele que vai descendo no poço até o fim do fôlego, a expiração da vida pelo choro, não sabiam que Jovildo havia morrido numa expiração dessas no fundo de uma tina, não conheciam detalhe nenhum, mas sabiam que havia morrido de tortura, do insuportável, e elas o que sentiam era também uma tortura, mas de ódio. Impotente ódio, que é uma tortura. Mas foi um dia ou dois, ou três, na verdade era um choro que já vinha sendo chorado durante meses e tinha de ser transposto pelas obrigações da vida, Luiz Carlos era o sucessor que devia ser formado, não para a guerra, mas para a paz, para a razão, para a justiça, para o direito, para a política na via legal. Sim, aquilo havia sido conversado entre elas, achavam que, se Jovildo vivesse, gostaria que o filho continuasse sua luta política. Mas com certeza preferiria que o filho continuasse a luta num patamar mais alto, não como maquinista, como sindicalista, seguindo a linha obreira dele, Jovildo, e sim fiel à classe trabalhadora, mas como advogado, advogado sindicalista, defendendo os direitos dos trabalhadores, como advogado e, quem sabe, como deputado, elas pensavam assim, e achavam que Jovildo também pensaria. Luiz Carlos não parecia pensar nada, mas as duas guardavam para ele o plano de fazê-lo advogado para depois ingressar na política, o Partido haveria de dar apoio, elas manteriam suas ligações, era a maneira de manter viva a memória de Jovildo.

Diferente para Olga, que era mulher; muito diferente: a política não reconhecia a mulher, isto é, o povo não reconhecia mulher na política, com pouquíssimas exceções. No Partido nunca tinha havido mulher nenhuma na linha de frente, como Rosa Luxemburgo na Alemanha e Dolores Ibárruri na Espanha; a própria Anita Leocádia, a filha de Prestes, não tinha seguido a linha da carreira política. Olga estava fazendo enfermagem, curso técnico, com toda a dedicação, tinha conseguido entrar no Senac e pôs nas aulas e no estudo toda a força do seu caráter, que era a mesma do pai. Ela seguia esse pensamento como um mandamento, acreditava em si como no pai por causa do caráter, aquela força enraizada na alma. Não era bonita, tinha uma pele sem finura e sem cor definida, um tom moreno encardido, os cabelos eram crespos e grossos, arrepiados, sem graça; os traços do rosto eram mais angulosos que redondos, tinha de incomum o brilho aceso dos olhos bem escuros, que parecia refletir um certo fogo interior. E tinha curvas no corpo que eram bem de mulher, tinha carnes de mulher, pernas e coxas de mulher, e era por isso olhada pelos impulsos de alisar e apalpar que os homens tinham. Moça gostosa, isso é que era, e sabia.

Aí, então, começa propriamente a nossa história. É uma história particular, de Olga, não uma história pública brasileira, do Partido Comunista. É um conto de existência humana, no caso, feminina, no particular das suas virtualidades, de mulher. Um conto de história normal, como se diz, só um tanto desviado da média, daí poder-se perguntar o que é a normalidade nesta existência, sabendo que, em conseqüência de respostas equivocadas, muitos desses seres, muito especialmente os femininos, sofreram agruras indescritíveis em manicômios, e até em fogueiras, ao longo da milenar vivência da humanidade.

Pois Olga tomou a decisão firme de ser mãe, o que há de mais feminino, ser matriz. Sim, terminava o curso, faltavam cinco meses, e era o tempo de ir procurando o pai gerador. Não ia casar nada, ia ser mãe solteira e firme, vários casos conhecia de decisão assim tomada, até de mulheres famosas, já que não acontecia o casamento, já que não acontecia o desejo do casamento, o amor, o sentimento, a vontade sexual que se dizia ser tão forte, já que ela não tinha, ia ter o filho, porque essa era a sua magna missão humana, e era também a sua vontade mais forte, vontade mesmo, de ser mãe, criar sozinha uma nova vida e assumir toda a responsabilidade. Claro que não tinha falado nem ia falar com Renilda, já sabia o que ia escutar, aquilo era coisa só dela, ia fazer, e a mãe ia conhecer o fato consumado. E, mais, queria um filho homem, que se chamaria Jovildo e ia ser igual ao avô, os genes ela carregava e transmitiria. Se nascesse uma menina, claro que não ia rejeitar, mas ia ter outro, até nascer o menino Jovildo. Chegou a ter a idéia maluca, chegou mesmo a pensar em fazer Luiz Carlos de pai, porque aí o menino ia ter os genes de Jovildo dos dois lados, tinha de sair igualzinho. Não ia propor ao irmão dormirem juntos, se bem que até podiam, se fosse bem no escuro, ele podia pensar que ela era outra, e ela também pensar em outro, mas isso era maluquice demais, incesto, que o irmão não ia querer, nem ia conseguir, não ia propor o que era doidice demais, preconceito de religião, sim, talvez não tivesse inconveniente biológico, na natureza os animais não respeitavam nada disso e apuravam-se as raças, mas todo mundo via não só como pecado, como maluquice, também interdito absoluto. Então, não. Mas pensou em falar com Luiz Carlos sobre aquele seu sonho e pedir que se masturbasse e recolhesse o esperma numa xicrinha, e ela estaria esperando com uma seringa sem agulha para injetar na vagina imediatamente em dia fértil. Pensou nisso, sim, seriamente, durante dias, mas não teve coragem de falar com o irmão. Não saía a fala. Chegou a dizer para ele que tinha um assunto sério para falar, mas não passou disso, nunca falou, ele não perguntou, e ela não teve coragem.

Havia dentro dela amarras de pensamento e de cogitação; como dentro de todo mundo; vinham das convicções de Jovildo, coisas que ele dizia e praticava com rigor, sempre diferenciando a moral burguesa, cheia de hipocrisias, da moral do trabalhador, mais verdadeira e respeitosa, que não aceitava modernidades de drogas, de sexo, de cinismo, em moda entre a juventude da zona sul. Até prostituição, moças bonitas de classe média estavam fazendo programas para ter mais dinheiro e vida de rico; além da prostituição tradicional e corrente, bem aceita na moral burguesa, de se casar com homem rico só pelo dinheiro. Definitivamente, Olga também não aceitava, como o pai, a moral burguesa e seus preconceitos hipócritas. Mas ter um filho sem casar, na moral trabalhadora não era nenhum mal; ao contrário, era uma afirmação de responsabilidade da mulher de caráter que não tinha um vínculo de amor. Ela não tinha, não era culpa dela, não era uma moça fria e raiventa, nem amarga, ao contrário, tinha muito amor no coração, só não tinha amor por um determinado homem, como também não inspirava amor nos homens, era assim a sua natureza.

E aquilo de ser mãe solteira ficou como uma idéia de ferro incrustada na sua cabeça.

Então tinha de procurar um pai. Nem pensar em inseminação artificial feita por médico, porque era uma coisa muito cara, típica de burguesia, impensável. O negócio era fazer ao natural, mas que coisa difícil, achar um homem, um homem inteligente como Jovildo, um homem de caráter, e aí estava, homem de caráter como Jovildo não ia querer fazer sexo irresponsável, com uma moça direita como ela, fazer como se estivesse fazendo com uma vagabunda. Difícil. Ela levou horas de dias e semanas buscando compatibilidades, repassando figuras de homens que conhecia, de preferência um pouco mais velho, de caráter assentado, nítido, não precisava ter atração nenhuma por ele, desejo nenhum por parte dela, mas ele tinha de ter desejo por ela, se não, não funcionaria como homem. Um certo olhar para as pernas dela, os peitos, ela conhecia esse tipo de olhar, mas a lista ficava complicada, homens inteligentes, de caráter, com quarenta anos mais ou menos, que tivessem atração por ela, passava e repassava a lista e não encontrava nenhum completamente adequado. Nenhum. E o ideal era ter uns três, para, numa semana fértil, copular com os três, para depois não saber quem era o pai, não queria que o menino tivesse pai, ela seria pai e mãe.

Zé Renato e Zé Roberto, por exemplo, foram os primeiros cogitados, irmãos gêmeos, companheiros de brincadeira de vizinhança na infância em Bento Ribeiro, os casais de pais amigos, o pai era da polícia ferroviária, amigo de Jovildo, homem de caráter, os gêmeos quase da idade dela, só um ano mais velhos, dois rapazes bons, direitos, continuaram se encontrando assim de quando em quando, três em três meses, mesmo depois que Jovildo comprou a casa do Engenho de Dentro, ela sentindo que ambos olhavam e gostariam de passar a mão no corpo dela, nos peitos e nas coxas, só que não tinham coragem de tentar, e ela nenhuma vontade de que eles tentassem. Assim também com Rogério, colega do curso do Senac, vivia olhando pra ela sem dizer nada, coitado, esse então sem nenhuma malícia, que os gêmeos tinham, embora contidos na moral da casa. Rogério era o próprio tímido incapaz, masturbador com certeza, quem sabe podia dar um pouco de sêmen — não, nem para isso servia, era meio bocó, não tinha nada da inteligência que ela queria para o filho. Protásio era bem diferente, era o dentista do sindicato, e vivia tirando casquinha, se esfregando nela por acaso e sem vergonha, era, sim, um sem-vergonha, um cara até bonito de figura, tez clara e cabelos pretos, mais alto e esbelto do que os outros, um olhar esperto e safado, com certeza gostaria de ir com ela para a cama, mas não era o tipo de pai biológico que ela queria para o menino, definitivamente.

A mãe, claro, não sabia daquela idéia de Olga. Renilda, aliás, sabia cada vez menos da vida da filha. Sabia do mundo pelo rádio de dia e pela televisão à noite, a última coisa que Jovildo havia comprado, a televisão colorida, nunca ela se esqueceria, ele fora de casa, antes de ser preso, tinha mandado entregar aquela televisão, coisa nova, devia ter custado muito caro, de surpresa, demonstração comovente de preocupação com ela, mostra de amor, sim, nunca se esqueceria, e os olhos se marejavam cada vez que se lembrava. Além dessa abertura, só tinha duas vizinhas para troca de palavras, a informação essencial e os comentários mais diretos. As razões de conduta continuavam vindo de Jovildo, lembranças, e as emoções também, em sua maioria. A perda do marido foi pesando sempre mais, mês a mês, sem alívio, de uma forma que ela não podia conhecer, nem tinha imaginado antes, sempre tão ocupada com as obrigações da casa. E as próprias obrigações da casa foram sendo deslembradas, uma lá, outra cá, esfiapando-se. Só a perda pesava, importava. Ela sabia o que era uma perda, já tinha tido algumas antes, via nos outros também e fazia bem idéia do que era, do conceito, mas nunca tinha experimentado esse conhecimento mais fundo que vem da vivência, o conceito vivido, formado no diário, que não se traduz em palavras. O vácuo, nem sombra, a ausência definitiva, para sempre, para sempre, não aquelas ausências de antes, quando ele sumia e voltava, e mesmo longe mandava dizer coisas enquanto ela mantinha a casa como se ele ali estivesse, e ele estava, na verdade. Eram ausências sentidas, mas preenchidas tinham presença. Agora não, era o vazio para sempre, o não-ser dele. Não eram as mesmas as obrigações da casa, não tinham mais aquele significado da espera que seria preenchida. Tinha de cuidar delas, sim, continuar vivendo e ajudando os filhos, principalmente Luiz Carlos, rapaz sempre precisa mais dos serviços de casa, mas nem de longe era a mesma coisa, os filhos se vão, é a lei da vida, e a casa, sem Jovildo, não era, Jovildo era a casa, era os passos, os gestos, as palavras da casa, o calor ali ao lado dela, a casa era Jovildo-e-ela, a vida era Jovildo-e-ela, agora não mais, para sempre, e, então, não havia mais casa nem perspectiva, razão de vida, faltava uma coisa essencial, o outro termo da vida composta Renilda-Jovildo, o termo principal, mês a mês, aquilo ao invés de amainar doía mais, pesava mais.

O ser humano é o único que sabe que vai morrer, anátema.

E vive a vida, então, fingindo que não sabe, ocupando a mente com projetos de fazer isso e aquilo, enganando o tempo, o tempo que afinal é ele mesmo, o próprio ser. E para Renilda faltava agora esse impulso vital de projetar para enganar o tempo. Se soubesse dos planos de Olga talvez projetasse para si o cuidar do neto. Mas não sabia de nada, e aquele nada foi crescendo na vida dela, Luiz Carlos, rapaz, vivia na rua, trabalhava agora, no sindicato, tinham arranjado um lugar para ele na administração, e depois do trabalho ia namorar, sair com os amigos, sabia lá o quê. E o tempo de Renilda foi ficando ralo, mais e mais, de mês para mês, até que um dia amanheceu morta, dois anos após a notícia final de Jovildo. Morreu de morta que já estava, sem saber do neto que então já crescia no ventre de Olga. Pena, a gente pensa.

Faleceu, quer dizer, deixou de existir, de andar, de falar, de ser presença, de sentir o mundo, de formar para si visualizações e conceitos, pensar as coisas do mundo. Deixou de existir para os outros, não tem nenhum sentido dizer-se que deixou de existir para ela mesma, não esteve mais lá para perceber isso, pensar isso, deixei de existir, deixei de ser para sempre, esculpir este conceito com a vivência como fazia com outras coisas, dormi e acordei, deixei hoje de fazer isso ou aquilo. Tudo isso para dizer: Renilda morreu, personagem tão importante de nossa história, tão invisível que era.

Para Olga, sim, claro, a mãe deixou de existir.

E quando a morte aconteceu, ali, no quarto ao lado do dela, inesperadamente, estava bem a mãe na véspera, calada, sim, normal ultimamente, foi ela quem primeiro entrou e viu, notando que a mãe custava a levantar-se aquela manhã, estranhando, quando entrou e viu, a face um pouco retorcida pelo derrame, os olhos abertos sem expressão, o corpo frio sem respirar, quando percebeu e tomou o fato na consciência, como se fosse nas mãos, a mãe morta, coisa que nunca esperava, a mãe era viva e saudável, aquele alheamento de tudo já era tido como natural, da idade, então começou a desenrolar-se dentro dela todo um outro processo de perda. Ela, Olga, tão fascinada pelo pai, tão completamente fascinada, não tinha ainda tido o momento de apreender a mãe, durante a vida, não só nos últimos tempos, quando ficaram sós, as duas. Não tinha tido momento de parar e atentar nela, sim senhora, sempre ali ao lado fazendo coisas com jeito de máquina, perguntando e respondendo sem que ela realmente atentasse, ela, Olga, sem que realmente desse sua atenção, como se nem percebesse, sim, de repente lembrou-se da cara da mãe, a cara antiga, de sempre, e a cara dos últimos meses, bem diferente, sim, na descor da pele e no fosco dos olhos, o sem-tônus da voz e dos movimentos, tão diferente a mãe nos últimos meses, só agora ela observava o que tinha visto sem reparar, a mãe morrendo dia a dia ali ao lado dela, e ela não alcançando com o entendimento aquele definhar tão visível.

A perda, então, novamente, aquilo que ela já conhecia de vivência, tinha perdido o pai que era o sol. E o conhecimento de vivência é o único completo, abrange todas as dimensões do ser, e muitas vezes muda o que é pensado, chega por vezes a surpreender com tal impacto que abala a pessoa, dá a pensar e repensar que é ilusória, que é falsa toda a conceituação que se tem. E assim foi que se deu o impensável de antes, a perda da mãe, para Olga, acabou sendo maior do que a do pai, maior em dor, em amargura, maior em vazio.

Maior em culpa.

Sim, uma boa culpa dela naquilo tudo. Foi sentindo, misturada na dor da perda, ela, ofuscada pelo amor do pai, não ter enxergado a grandeza da mãe, o amor silencioso da mãe, o amor da nutrição, que havia sido a sustentação daquela casa, o pai sempre ausente em quase todo o tempo, a mãe fazendo todo o estofo humano daquela casa, construindo-a bem fisicamente, fazendo a comida da casa, a limpeza e a arrumação da casa, a costura da casa, a moral da casa, o sentimento da casa. E a casa agora vazia sem ela.

Tinham deixado de pagar as prestações havia anos, desde que Jovildo perdera o emprego, em 1964, pensando que nunca a Caixa ia tomar deles aquela casa, único bem que tinham. Depois que ele morrera, Renilda pensara em regularizar a situação, porque o financiamento compreendia um seguro de vida pelo qual a casa estaria quitada em caso de morte dele. Só que Jovildo, oficialmente, não tinha morrido, ela teria de esperar vinte anos para ver reconhecida a morte dele, a não ser que o corpo dele fosse encontrado, aquela encrenca brutal, mas o pessoal do sindicato garantia que ninguém ia tomar a casa deles. Mesmo agora com a morte da mãe, Olga, de novo aflita, foi tranqüilizada.

O sindicato havia sido o esteio da vida deles, dela e de Luiz Carlos, mesmo enquanto Jovildo vivia, sua figura era valorizada como a dos maiores líderes que haviam passado por ali. Ela se empregara muito antes do irmão, sendo depois de formada contratada como enfermeira, especialmente querida, por ela mesma, ademais da memória do pai, pelo que ela era, pelo amor que dava àquele trabalho, pela personalidade reta e dedicada, extremamente dedicada, não tanto amável ou doce, mas muito responsável e dedicada, uma figura forte e respeitada pelos dois médicos da casa.

O sindicato pagou o enterro de Renilda. Não o sindicato propriamente dito, mas os funcionários, cada um dando um pouquinho, e a empresa que fazia a limpeza completando com a maior parte. Não foi surpresa para Olga. Ela não tinha pensado nisso, aliás não tinha pensado em nada depois que vira a mãe sem vida, mas quando soube que o sindicato ia fazer tudo, não ficou surpresa, ficou, sim, ainda mais agradecida, ainda mais obrigada com aquela gente, mas era como se esperasse mais aquele gesto de solidariedade, pelo que eles sempre tinham sido.

Uma coisa ela não sabia: que Protásio tinha sido o empreendedor daquele gesto, o solicitante naquele caso, seu procurador junto aos companheiros e à firma de limpeza, Protásio, que tinha certa liderança ali dentro, pela condição profissional, pela personalidade, pela capacidade de resolver as coisas e fazer.

Protásio, ademais, era o pai da criança que Olga tinha no ventre e a mãe não sabia.

Não podia ser nenhum dos gêmeos de Bento Ribeiro, por constrangimentos daquele tipo de amizade de infância, distantes, ainda mais, nem tinha como se aproximar deles, e dizer o quê, ora que burrice pensar aquilo. Tampouco o colega bobo do Senac, não ia querer um filho bobo. Acabou dando para um dos professores do curso, um médico que ela achava inteligente e correto, só que era másculo também, gostava de mulher e olhava para as curvas dela. Não foi difícil, voltou ao Senac e o procurou, a pretexto de perguntar sobre a possibilidade de um emprego, oferecida no jeito de perguntar, sabia fazer, pronto, bastou, ele disse que podiam sair e conversar, era fim de tarde, ele inventou uma desculpa e matou a aula daquela noite, levou-a a um motel na Avenida Brasil e mostrou, sem delonga, a sofreguidão de um tesão de homem macho, ela perdeu a fala de tanta pressa que ele tinha no tirar a roupa dela, apalpá-la toda e deitá-la na cama. Ela sentiu dor, somente dor, nenhum prazer, certa surpresa, sim, certo arrepio de experimentar aquilo que só sabia de ouvir contar, e não esperava que fosse tanta a ânsia dele, até uma certa indelicadeza nos gestos. Ele ficou espantado, depois de relaxar e respirar largo, como se só então tivesse podido respirar, ficou espantado ao reparar a mancha de sangue dela no lençol, ora, ela era virgem? Espantado e preocupado, não tinha pensado naquilo, e se ela engravidasse? Não, ele podia ficar tranqüilo, ela tomava pílula. Esquisito, tomava pílula sem trepar com ninguém? Esquisito. Não disse nada, mas não quis tentar uma segunda, levantou-se e foi para o banheiro tomar uma chuveirada.

Ainda duas vezes repetiram, ele como que se esqueceu da preocupação daquela primeira vez, ela tinha garantido que tomava pílula, ele era casado, tinha responsabilidade, mas achava Olga uma mulher bem gostosa, tanto mais que, a partir da segunda vez, ela fingiu prazer, mesmo sem sentir, isto é, sentiu algum prazer, não propriamente um orgasmo, nada disso, mas um prazer genital em ter o órgão dele vivo e quente dentro dela, e um prazer de alma naquela sofreguidão dele. Ela pensou que bastavam aquelas três incursões, estava em período fértil, devia estar grávida, e não o procurou mais, ele não sabia como encontrá-la, outra coisa esquisita dela, não dar sequer um telefone. Por isso mesmo ele também não tentou procurá-la, podia ter buscado a ficha dela no Senac, não o fez, ela era gostosa mas era esquisita, ele era casado, tinha responsabilidade.

E entretanto Olga não engravidou, veio a regra normalmente, uma decepção. Não ia procurá-lo outra vez, talvez a culpa até fosse dele, do esperma dele, de qualquer maneira não ia repetir a dose, ia relaxar, a culpa podia ser da angústia dela fechando a madre, ia relaxar, dar um tempo, deixar que a próxima vez ocorresse mais naturalmente, sem aquela coisa de se oferecer como se fosse uma sem-vergonha.

Então, bem, esqueceu aquele assunto, na verdade não esqueceu, até passou a sentir algo que antes nunca havia experimentado, certa excitação genital, a ponto de massagear a vagina e o clitóris à noite na cama, sem pensar em homem, só pelo prazer do contato, e uma noite, sim, teve um sonho erótico, muito vivo, com o pai, Jovildo, acariciando o corpo dela, nua, beijando-a com amor, ela sentindo o membro dele mas sem que a penetrasse, acordou antes, muito excitada. Não dormiu mais, perturbou-se muito aquele dia inteiro e outros seguintes, mas acabou conseguindo fingir para si mesma que havia esquecido, o sonho e o projeto de ser mãe, pelo menos tirou da cabeça a urgência, ia ter o filho, sim, o novo Jovildo, com certeza, mas ia deixar que o pai fecundante aparecesse naturalmente, sem ela procurar como um propósito. Então, bem, dedicou-se mais ao trabalho, ao amor por aquele povo que ela atendia com carinho ali no sindicato.

Conseguiu, tinha caráter. Mas se o pai do filho ia aparecer naturalmente, só podia ser uma pessoa de convivência próxima, um homem com quem se encontrasse com freqüência. Então, pensando bem, esse homem só podia ser Protásio.

Ela sabia, tinha consciência dessa fatalidade, possibilidade única, mas fingiu para si que não sabia, que podia haver outra alternativa que aparecesse naturalmente, que não ali no sindicato, onde ela trabalhava, aonde ia diariamente, já que ali realmente não havia outro, só homens mais velhos, muito feios e já sem interesse por sexo. Alternativa também podia ser Luiz Carlos, o irmão, ela pensava fingindo, sabendo que esta hipótese tinha sido descartada definitivamente, era loucura demais. Mas talvez, quem sabe, fora do sindicato, alguém no ônibus que ela tomava todo dia, alguém que encontrasse várias vezes e com quem fosse simpatizando, aproximando-se e entabulando conversa, ou alguém da vizinhança, alguém que se tivesse mudado recentemente, que ela ainda não conhecesse, enfim, não ia ficar pensando só naquilo como idéia fixa, ia relaxar, e realmente até mudou o comportamento em casa, falando mais com a mãe, puxando conversa para animar a velha, simulando interesse pelas coisas que ela fazia, nada de mais, só para dar uma atenção, estava achando a mãe meio apagada, coisa da idade, natural.

Mas o que tem de ser tem de ser, e era Protásio.

Um homem interessante, não só por jovial e alegre, mas por decente, conveniente pelo caráter, pelo saber, por uma certa bondade que exsudava nos gestos e no olhar. Estava ali quase todo dia, três vezes por semana, era um dos dentistas do sindicato, e sempre olhava para ela, e era um homem apetitoso e bonito no todo, pelo porte, pelos cabelos negros e lisos, pelos olhos firmes, pela brancura da pele sombreada no rosto por uma barba cerrada diariamente escanhoada. Feição de homem. Atraente. Era casado, o que era bom, no caso, queria só um pai para o filho, não um marido ou um caso permanente. Foi e foi, vendo tudo isso e pensando que era ele mesmo. Com um problema, um grande problema, na verdade, mas que, sendo ele o homem que era, no caráter, na maturidade e na bondade, podia ser superável. O problema era que eles continuariam convivendo ali diariamente depois das sessões de inseminação. Não era como o professor do Senac, que não tinha nada a ver com a vida dela. Mas aquilo podia ser superado, pelo menos em parte, porque Protásio era um homem que, depois do fato consumado, era capaz de entender que ela não queria ligação durável, e podia até gostar disso, era casado, e continuar apenas um amigo, um amigo até mais próximo, mais íntimo mesmo, mas só amigo. Isso era possível, e podia até ser agradável. O que não era possível, e era o mais grave, era ele saber que era pai de um filho dela. Então, sim, tinha de haver um hiato, e isso complicava muito o caso. Ela teria de esconder a gravidez até o quarto ou quinto mês, viável, perfeitamente, e depois tirar uns seis meses de licença, inventar uma doença grave da mãe, o pessoal do sindicato era muito condescendente com elas, e só aparecer depois de o menino nascido, sem ninguém saber que ele existia, até ter tempo, bem mais tarde, de inventar outra história que explicasse o Jovildo Júnior. Nunca Protásio saber que era o pai. Nunca. Era um homem de caráter, ia querer assumir alguma coisa, complicado tudo aquilo, claro, muito complicado, e por isso mesmo ela não precipitava nada, deixava fluir normalmente o rio das semanas e dos meses até que aparecesse uma ocasião qualquer, um momento de desencadeamento espontâneo da operação.

Era uma operação, não era um caso de amor.

Já estava quase desistindo, isto é, não propriamente desistindo, mas esmorecendo no projeto de maternidade, porque a vida se atarefou de repente com um convite que ela aceitou para dar aulas num cursinho para vestibular de enfermagem, aulas de prática de primeiros socorros, duas vezes por semana, durante três meses, nada que cumulasse tempo de trabalho extra, mas o bastante para abrir um tema novo de interesse para ela, a condição de professora, mestra, uma coisa boa que exigia esmero no preparo. Nova razão de empenho naqueles dias que já se distanciavam da perda do pai.

Mas num daqueles dias ela sentiu dor de dente, coisa banal mas tormentosa, e teve de procurar Protásio no consultório, lá no fundo do pátio do sindicato. Oh, ele viu e disse que ela tinha de tratar, só abriu um pouco a cárie para aliviar a pressão e pediu uma radiografia, provavelmente ela teria de tratar o canal, e aquilo doía mesmo, receitou um antibiótico e marcou a hora para o dia seguinte, era urgente, ele viria, desmarcaria o outro consultório. Atenção especial que ele dava a ela, evidente, desmarcava o outro e cuidava dela, tinha carinho no dizer e no olhar, não apenas a simpatia e o apetite, o modo normal dele para ela, era mais um pouco, bem evidente, carinho, talvez imaginando a dor que ela sentia, e o incomodava, era carinho. E, sendo assim, ela se vestiu mais feminina no dia seguinte, não sentia mais dor, colocou uma saia que era um pouco mais justa e uma blusa bem colada ao corpo, sandálias abertas de salto, tratou e pintou de rosa as unhas do pé e da mão e prendeu os cabelos num rabo-de-cavalo, mostrando o pescoço que o professor do Senac adorava beijar, dizendo que era uma tentação.

A vida, a libido e suas forças criadoras, as forças do ser ou do bem, Protásio beijou-a logo que ela se sentou na cadeira. Foi inesperado, completamente inesperado, ela havia repousado ali o seu corpo todo distensionado, depois dos cumprimentos e das primeiras palavras sobre como ela havia passado. Sim, é fato que ele havia olhado para ela com mais demora, com mais fixação, evidente, mas sem nenhum comentário, comentário que vez por outra ele até fazia com naturalidade, sobre ela, elogiando isso ou aquilo, gentil, não, naquele dia só olhar de rapina. Pediu que ela sentasse na cadeira, afastou-se, abriu um pouco a persiana para iluminar melhor a figura dela, voltou-se e, sem dizer nada, num gesto nada brusco, quase lento, quase avisando, abaixou-se sobre o rosto dela e beijou-a na boca. De leve. Ela não fez qualquer aceno de recusa, fechou os olhos e ficou imóvel, só coração. Os lábios estavam pintados de rosa e cheios de talante, Protásio beijou-a de novo sem dar tempo a qualquer dizer ou mover da parte dela. De novo ela deixou e só então ele notou, na passividade dela, o arfar do peito, além do normal, e uma microvibração dos lábios imperceptível à vista mas não ao tato e à intuição do amor. Então ele se abaixou mais e beijou-a demoradamente, e no beijar tocou os seios dela intumescidos.

Fora planejado? Premeditado? Ou fora ele engolfado naquele impulso ao vê-la, ao senti-la mais bela e olorosa, e também numa disposição consoante?

O momento. A explicação é o momento, o ser, a natureza do ser, que é de momentos. Não se percebe, mas é. O ser está ali sempre no momento do tempo. Protásio beijou-a, e Olga amou de repente, no momento, naquele e também nos outros momentos horas depois, e dias depois, semanas, meses depois, arrebatou-se.

E então começa a segunda e principal parte da nossa história, a da pessoa apaixonada, que vive do sim e do não do amor todo dia, a mulher que é só para dar e para ter o homem com ela, sobre ela, em gozo, em paz, em carinho, em palavras de ternura e de projetos de vida, declarados, de viver com ela, só, único interesse, deixar a esposa antiga e casar com ela, única razão de alegria ou frustração e drama, frustração, nada daquilo se faz, nada se realiza, essa espécie de raiva, inconformidade raivosa, frustração funda, o querer fundo e não poder, o querer único, absoluto, e não poder, oh, raiva rascante, vontade de acabar o que não vale a pena, a vida enganosa, esvaziada, Protásio se dizia incapaz de deixar a mulher, tinha caráter e sentimento, ela sabia, desde sempre sabia, ele não tinha cara de fazer uma coisa cujas conseqüências podiam ser as mais terríveis, a mulher não suportaria a dor, ele não era homem para isso, fazer mal tão grande a uma pessoa que havia sido fiel amiga, mas fazia mal maior ainda a ela, Olga, naqueles meses, grávida afinal, não veio a regra, e ela sentiu a formação nova no ventre, nem foi ao médico, já nem importava tanto, sim, importava sim, o filho, devia ser um filho, Jovildo Júnior, e filho do amor dela e de Protásio, não de uma operação de inseminação, importava muito, sim, mas havia agora algo que importava mais, Protásio; se abortar e abdicar daquele projeto anterior fosse o preço para ter Protásio, ela pagaria.

Pagaria.

Encontravam-se num motel chamado Amor Perfeito. Havia um cheiro de mofo, embora o aspecto fosse limpo e houvesse pelos cantos, também, um cheiro de desodorante. Olga sentia mais os cheiros, tinha consciência, era uma nova aptidão sensitiva, era o cheiro de Protásio, que era bom, sentia os cheiros dela mesma, mais nitidamente, e se preocupava, cuidava mais de desodorar-se, com receio de que ele não gostasse, ela tinha um suor forte, tinha de cuidar muito das axilas, e cuidava também muito da vagina, mas achava ali mais difícil, molhava-se toda logo no primeiro momento, preocupava-se, mas logo esquecia de tudo e se abandonava, era um estremecimento.

A sucessão não foi duradoura e foi a infelicidade. Do céu original aos baixios da dor mais escura e permanente, a sucessão foi uma queda vertical vertiginosa. Continuavam a se encontrar, por insistência dela, que notava a progressão a milímetros da desvontade dele, o desassossego, que começava a pesar para ele, com o sentimento desvairado dela, evidente, todo dia, todo dia, aquele humor de ansiedade que ela não podia esconder, no sindicato todo mundo já sabia, a coisa ia chegar aos ouvidos da mulher, e foi nesse resvalo que aconteceu o mais inesperado, a morte da mãe, oh! A perda maior.

Então veio e ficou a pergunta: Renilda estaria percebendo o rolo, a joça que ela estava vivendo? Teria ela causado de alguma maneira a morte da mãe? Com certeza, pela desatenção, nem falava mais em casa, era só Protásio, Protásio na cabeça, claro que a mãe havia de ter percebido. A mãe perguntava, indagava pelos olhos o que ela tinha, a mãe percebia, claro, preocupava-se, a mãe a amava, e ela não sabia. Ela não sabia de nada, idiota e desumana, a preocupação havia matado a mãe.

A tristeza, total, por conseguinte, veio a tristeza do arrependimento, o peso da culpa em cima da tristeza da perda, o remorso, a culpa, o cacete, em cima da frustração de não ter Protásio, a perda de Protásio, inevitável, aquela, sim, seria ainda maior, a maior de todas, o que tinha feito ela para sofrer, pagar tanto? Era a vida, a culpa era da vida, as pessoas que queriam muito na vida acabavam assim. Ela era assim, forte no querer, forte no ego, egoísta, aí estava o castigo, era a vida, o querer demasiado, os sentimentos, a vibração egoísta da vida a causa daquilo tudo, merda, o melhor remédio era uma dose total, de vidro inteiro, do tranqüilizante que vinha tomando, uma tranqüilização total, para sempre, acabar, chegar à paz dos cemitérios, a verdadeira.

Não. Claro que não.

Não porém pelas razões da moral ou da religião. Por falta de coragem mesmo, na verdade, medo de morrer, o instinto ainda estava bem vivo. As pessoas egoístas também são assim, têm um instinto fortíssimo de vida. Mas não ia mais ter aquele filho. Não podia; aquele menino, devia ser um menino, com certeza, Jovildo Júnior, tinha sido a causa de tudo, jamais olharia para ele sem se lembrar de tudo, da frustração e da morte da mãe, da canalhice e da falsidade de Protásio, que era o pai mesmo sem saber. Se soubesse, ia entrar em parafuso, ele e ela também, ele não ia querer assumir a paternidade, não podia, e a decepção dela, a raiva dela, iria pros cornos da lua. Não; ia tirar, tinha de tirar aquela carne nascente de dentro dela, já, antes que desse na vista, antes que fosse mesmo uma vida — ainda não era. Sabia onde, em Nilópolis, tinha atendido duas mulheres que haviam feito lá, procurou pelo endereço e foi.

Desceu mais um passo fundo naquele poço escuro. Mas foi forte então, aliás fraca não era, tinha sido forte em todo aquele trâmite pelo inferno, viu a geena, sentiu mas não sucumbiu, naqueles meses todos. E o que tinha de fazer não era acabar com a vida, mas mudar de vida, mudar mesmo, mudar tudo, radicalmente, de casa, de cidade, de emprego, de amigos, de todos, ah, afinal o lampejo tinha baixado, o caminho descoberto. Nem Luiz Carlos interessava mais; tinha perdido o pai, a mãe, o marido, sim, o marido no verdadeiro significado, o homem da sua vida, tinha perdido o filho, tão desejado, o filho que devia ser a cópia do pai, o pai dela, Jovildo, e então o irmão não a interessava mais. Aliás, nunca a tinha interessado muito, era um moço bobo, de hábitos descosidos dos dela, pensamentos também, pouco o conhecia na verdade, não conversava com ele, quase nem o olhava, desde muito, desde que deixara de ser o menininho da casa. Deixava o irmão sem sentir nada, falta nenhuma. E sumia. Oh! Arrumava pouquinha coisa e desaparecia, sumia do mapa, daquele mapa do Rio, do sindicato, do Engenho de Dentro, dos conhecidos todos, amigos mesmo não tinha mais. Viajava. Em definitivo. Para sempre. Viajava, viajava, ia para a frente e mudava tudo, passava por cima, superava, refazia, negando a negação, não acabava a vida, mas a reconstruía, nova.

Olga foi para a África. O Leste. O Oriente. O grande sítio onde brotou a humanidade. Do Rio para a África, a viagem renovadora, do passado ao futuro. Valeu o velho Partidão desta feita, não o sindicato. Mais uma vez, o Partido. Procurou o Geraldão e pediu caminhos, contatos, iria para onde desse, iria para a União Soviética ou qualquer outro país, queria sumir do Brasil, sabia que Jovildo ainda era um nome cultuado, considerado, e Geraldão um cara muito confiável.

— Angola serve?

Oh, meu Deus, jamais tinha pensado em África, jamais, mas servia sim, claro, como dizia, qualquer país. Bem, é que Angola estava pedindo, muito necessitada de médicos e enfermeiros, metida numa guerra civil cruenta, contra um exército de bandidos que controlavam a zona dos diamantes e eram financiados pelos americanos e pela África do Sul, para derrubar o governo socialista de Agostinho Neto.

Melhor assim; pensando bem, melhor, ir para um país que precisava e estava pedindo do que para outro em que iria ser recebida por favor.

Sim, queria muito ir para Angola, até arriscar a vida, se necessário, queria sentir-se útil e requisitada, reconstruir seu amor-próprio, cumpria uma dupla jornada, como gostava, amava o esforço estrênuo, deixava um campo de desespero aqui no Rio e começava imediatamente a refazer seu ser, forte, a vida nova, numa missão moralmente importante, humanamente relevante.

Vinte e quatro dias depois da conversa com Geraldão, Olga aportava em Luanda.

Era um dia nascente de sol e cores iguais às do Rio. A gente, com certeza, era quase igual ou bem parecida com a do Rio, no cantar e no dançar, no acolher os que vinham para o bem, no receber brasileiros principalmente.

Veio aquela sensação inundante de limpeza cabal, de alma nova e alva em corpo novo. Que vontade de descer e logo começar a fazer o bem.

Este livro foi composto na tipologia Raleigh BT, em
corpo 11/15, e impresso em papel off-white 90g/m²
no Sistema Cameron da Divisão Gráfica
da Distribuidora Record.

Seja um Leitor Preferencial Record
e receba informações sobre nossos lançamentos.
Escreva para
RP Record
Caixa Postal 23.052
Rio de Janeiro, RJ – CEP 20922-970
dando seu nome e endereço
e tenha acesso a nossas ofertas especiais.

Válido somente no Brasil.

Ou visite a nossa *home page*:
http://www.record.com.br